운룡
쟁천

조돈형 新무협 판타지 소설
FANTASTIC ORIENTAL HEROES

운룡쟁천 8
조돈형 新무협 판타지 소설

초판 1쇄 찍은 날 § 2010년 10월 18일
초판 1쇄 펴낸 날 § 2010년 10월 23일

지은이 § 조돈형
펴낸이 § 서경석

편집책임 § 유경화
편집 § 이수민

펴낸곳 § 도서출판 청어람
등록번호 § 제1081-1-89호
등록일자 § 1999. 5. 31
어람번호 § 제2-1991호

주소 § 경기도 부천시 원미구 심곡2동 163-2 서경B/D 3F (우) 420-822
전화 § 032-656-4452 팩스 § 032-656-4453
http://www.chungeoram.com
E-mail § chungeoram@chungeoram.com

ⓒ 조돈형, 2008

ISBN 978-89-251-2321-9 04810
ISBN 978-89-251-1372-2 (세트)

※ 파본은 구입하신 서점에서 교환하여 드립니다.
※ 저자와 협의하여 인지를 붙이지 않습니다.
※ 이 책은 도서출판 청어람과 저작자의 계약에 의해 출판된 것이므로,
　무단 전재 및 유포·공유를 금합니다.

운룡쟁천 8

조돈형 新무협 판타지 소설
FANTASTIC ORIENTAL HEROES

目次

제66장	최고의 변수(變數)	7
제67장	북경대란(北京大亂)	43
제68장	북해쌍화(北海雙花)	91
제69장	확전(擴戰)	119
제70장	배신자(背信者)	157
제71장	혈익편복(血翼蝙蝠)	199
제72장	밀옥(密獄)	231
제73장	일장춘몽(一場春夢)	263

第六十六章
최고의 변수(變數)

"이제 다 했느냐?"

무명신군의 여유로운 모습에 거의 한 식경이나 투덜대며 화를 쏟아냈던 도극성은 어이가 없을 지경이었다.

"어차피 신경도 쓰지 않으셨잖아요."

체념 섞인 표정으로 퉁명스레 대답하는 도극성을 한참이나 바라보던 무명신군이 조용히 말했다.

"네 가문에 대해 들었다."

"……"

도극성의 안색이 살짝 굳었다.

"일이 어쩌다 그리된 것인지… 암흑마교가 그랬다고?"
"예."
"그래서 그토록 열심히 싸운 것이냐?"

도극성이 그간 암흑마교와 사사건건 충돌했음을 기억한 무명신군이 물었다.

"글쎄요. 처음에는 그랬지만……."

잠시 말을 끊은 도극성이 나직이 한숨을 내쉬며 말했다.

"그때는 그저 부모님을 잃었다는 슬픔과 분노로 제정신이 아니었지만 이제는 잘 모르겠어요. 솔직히 부모님의 얼굴도 기억이 잘 안 나고……."

"그럴… 테지."

무명신군이 안타까운 표정으로 고개를 끄덕였다.

어려서부터 무명신군의 손에 큰 도극성이 평생 동안 부모님의 얼굴을 본 것은 고작 두어 번에 불과했다. 부모 자식 간이 천륜이라고는 해도 평범한 이들처럼 정을 나누고 산 것도 아닌지라 어쩌면 남남이라고 해도 과언이 아니었다.

"후~ 어쨌거나 이 모든 일이 노부의 욕심으로 인해 벌어진 일이란 생각이 드는구나."

무명신군의 자책에 도극성이 씁쓸히 고개를 흔들었다.

"아니요. 당시 상황이 어땠다는 것은 저도 알고 있습니다. 할아버지께서 나서지 않으셨다면 그때의 혼란 속에서 저는 물론이고 가족들 또한 화를 면치 못했겠지요."

"글쎄다. 그 또한 가정에 불과한 것이지."

무명신군이 착잡한 얼굴로 술잔을 들자 도극성이 묵묵히 술병을 기울였다.

"아참, 그 일은 어찌 된 겁니까?"

도극성이 무거운 분위기를 바꿔보고자 화제를 돌렸다.

"뭐가 말이냐?"

"영운설 소저와 제가 정혼을 약속한 사이라고……."

"정혼? 네가 말이냐?"

무명신군이 뜬금없다는 표정으로 되물었다. 그러자 당황한 사람은 오히려 도극성이었다.

"영운설 소저의 말로는 저를 구하실 당시 할아버지께서 정혼을 약속하셨다고……."

"그랬나? 그럼 그런가 보지."

"……."

고개를 갸웃거리던 무명신군이 그다지 대수롭지 않다는 듯 말하자 질문을 던진 도극성은 그저 어이가 없을 뿐이었다.

"저기……."

어딘지 약간은 주저하는 듯한 말투에 문어귀에 기대어 있던 곽월이 지그시 감았던 눈을 떴다.

"무슨 일이시오?"

곽월의 물음에 대정련 군사 직속 명안에 소속되어 있는 사내가 방문으로 고개를 돌리며 말했다.

"두 분을 모시고 오라는 명을 받았습니다만."

명을 받기는 했어도 상대가 상대인지라 사내는 감히 문을 두드릴 엄두를 내지 못하고 있었다.

"이제 괜찮을 것이오. 방금 전이라면 모를까 이제는 거의 끝난 듯싶소."

"그래도……."

사내가 침을 꿀꺽 삼키며 여전히 망설이자 곽월이 너털웃음을 터뜨렸다.

"정 그렇다면 잠시 기다리시오. 내가 전하도록 하겠소. 한데 누구의 명을 받고 온 것이오?"

"군사님께서 보내셨습니다. 아, 물론 맹주님을 비롯하여 모든 분들이 기다리고 계십니다."

사내는 군사라는 이름 가지고는 부족하다고 여긴 것인지 몇 마디 말을 덧붙였다.

"알겠소. 군사께 내가 대신 말을 전한다고 말씀드리시오."

"고, 고맙습니다."

사내는 두말하지 않고 감사를 표한 뒤 행여나 다른 말이라도 나올까 황급히 자리를 떴다.

"이해하지 못할 일은 아니지."

사내의 뒷모습을 보면서 고개를 절레절레 흔든 곽월이 문고리를 잡았다.

"들어갑니다."

    *   *   *

불성의 다비식이 끝나고 만 하루가 지난 오후, 대정련의 수뇌들을 비롯하여 수라검문, 사도천 및 각 문파의 대표들과 수많은 명숙들이 한자리에 모였다.

다급히 재건을 하였다고는 하나 지난 싸움의 여파로 소림사의 주요 전각들이 대부분 소실된 바, 그나마 상태가 가장 양호했던 천불각이 회의실로 쓰였지만 장소가 워낙 협소하여 시장통을 방불케 했다.

"아직인가?"

대사를 논하는 자리, 사안의 중대함에도 소란스런 분위기가 좀처럼 가라앉지 않자 곡상천이 잔뜩 찌푸린 얼굴로 물었다.

"예. 곧 오실 테니 조금만 더 기다려 보시지요."

영운설이 차분한 어조로 대답했다.

"나 원. 이 많은 사람이 기다리고 있는데……."

곡상천의 얼굴이 좀처럼 펴지지 않자 천선자가 웃으며 말했다.

"기다리기 그리 답답하면 문주께서 한번 가보시면 어떤가?"

"예? 커흠. 뭐, 꼭 그럴 필요까지는……."

곡상천이 얼굴을 붉히며 딴청을 피우자 좌중에 모인 이들의 입가에 슬며시 미소가 지어졌다.

웃음이 끝나기도 전에 헐레벌떡 달려오는 사람이 있었다.

영운설이 얼른 물었다.

"오시나요?"

"예. 출발하셨다는 전갈이 왔으니 곧 도착하실 겁니다."

"수고하셨어요."

사내를 돌려보낸 영운설이 주위를 돌아보았다.

불성이 세상을 떠나고 이제는 정파의 상징이라고도 할 수 있는 도성과 대정련의 련주 공진 대사를 비롯하여 무림에서 날고 긴다 하는 인물들이 서로 얼굴을 마주하여 앉아 있었다. 한데 무명신군이 오고 있다는 말에 모두의 얼굴이 딱딱하게 굳었다. 그토록 소란스러웠던 주변도 쥐 죽은 듯 조용했다.

삐걱.

문이 열리는 소리에 모든 시선이 일제히 문 쪽으로 향했다.

앉아 있는 사람은 아무도 없었다.

간이 배 밖으로 나오지 않는 한 그런 대담한 짓을 할 사람은 존재하지 않았다.

"쯧쯧, 호들갑이라니."

못마땅한 듯 툭 쏘아붙인 무명신군이 문에서 가까운, 그러나 따지고 보면 상석과는 가장 거리가 멀다고 할 수 있는 곳에 자리를 잡고 앉았다. 물론 원래의 주인이 있기는 했지만 밀려난 사람의 얼굴엔 조금의 불만도 없었다.

그만이 아니었다. 무명신군의 좌우에 앉게 된 사람들도 황급히 자리를 이동했다. 애당초 무명신군의 곁에 앉고 싶은 마음이 눈꼽만큼도 없었는데 때마침 무명신군 뒤로 도극성과 곽월, 옥청풍 등이 따르고 있기에 핑계가 좋았다.

무명신군이 자리에 앉자 그를 맞이하기 위해 일어났던 이들도 자리에 앉았다.

"이쪽으로 오시는 것이……."

공진 대사가 상석을 가리키며 말하자 슬쩍 그쪽을 바라본 무명신군이 고개를 흔들었다.

"이곳에서도 다 들린다. 게다가 그 자리는 이 회의를 주관하는 사람이 앉는 것. 남의 자리를 뺏을 정도로 그렇게 염치가 없지는 않지."

그럴듯하면서도 그가 보여준 지금까지의 행동과는 어딘지 맞지 않는 말이었다.

"알겠습니다."

가볍게 고개를 끄덕인 공진 대사는 상석을 비워둔 채로 회의를 진행시키려 했다.

"아, 그전에 한 가지."

다시금 시선이 무명신군에게 쏠렸다.

"이 녀석을 잘 알 게다."

무명신군에게 쏠렸던 시선이 좌측에 앉은 곽월에게 향했다.

"곽월이라는 놈이다."

가만히 한마디를 덧붙였다.

"묵혈이라는 이름으로 불리고도 있지."

생각 외로 별다른 반응은 없었다.

당연히 거친 반발이 있을 것이라고 예상했기에 어떤 방법으로 사람들의 반발심을 무마시킬까 나름 고심했던 무명신군은 물론이고, 자신으로 인해 분란이 일어날 것이라 걱정하여 처음부터 자리를 피하려 했다가 무명신군의 강권에 의해 어쩔 수 없이 끌려오게 된 곽월이 도리어 이상하게 여길 정도였다.

하지만 곽월의 문제에 대해선 영운설의 건의로 이미 사전에 협의가 끝난 상태였다.

곽월의 문제는 군웅들 사이에서 무척이나 치열하고 격렬

하게 의견이 오고 갔다. 얼굴을 붉혀가며, 심지어 막말과 욕설까지 난무할 정도로 격앙되었다. 그런 격한 반응을 보이는 사람들 대다수는 지난날 묵혈에 의해 문파의 어른, 가문의 존장들을 잃은 사람들이었다. 그렇지만 남궁세가의 일로 초혼살루는 암흑마교와 완벽하게 척을 졌고 또 죽림이라는 거대한 적을 눈앞에 둔 상황에서 곽월이 이끄는 초혼살루는 그 어떤 세력보다 큰 힘이 될 수도 있다는 영운설 등의 주장은 많은 사람들의 공감을 얻어냈다.

결국 곽월에 대한 문제는 불문에 부치기로 했는데 사실 그런 결정을 내리게 된 이유에는 곽월이 도극성의 친우라는 것, 그리고 도극성이 무명신군의 제자라는 것이 결정적으로 작용을 했다. 무명신군과 도극성이 정파에, 아니, 무림에 끼치는 힘은 그야말로 막대했기 때문이었다.

"초혼살루의 과거 행적에 대해선 우선은 불문에 부치기로 했습니다. 단, 우리와 함께 암흑마교, 나아가 죽림과 싸운다는 가정하에서 말이지요."

영운설의 말에 무명신군이 고개를 끄덕였다.

"현명한 판단을 했구나. 네 힘이 컸을 터."

"모든 이들의 판단이었습니다."

"그런 중지를 모으도록 하는 것도 능력이다. 흠, 일신에 지닌 무공도 제법이고……."

영운설을 쓰윽 살펴보던 무명신군이 검존 순우관을 응시하며 말했다.

"화산파가 인물 하나를 키워냈구나."

"과찬입니다. 아직 많이 부족합니다."

순우관이 살짝 고개를 숙이며 겸손한 모습을 보였다. 그래도 다른 누구도 아닌 무명신군의 칭찬이었다. 입가에 절로 지어지는 미소까지는 어쩌지 못했다.

"자, 신군께서도 오셨으니 다시 한 번 설명을 하게."

공진 대사와 시선을 마주친 영운설이 천천히 자리에서 일어났다.

영운설의 신호에 중원이 한눈에 들어올 정도로 커다란 지도가 한쪽 벽면에 걸렸다.

"장강 이남은 암흑마교의 수중에 완전히 떨어졌습니다. 몇몇 대항하는 문파들이 남아 있다고는 해도 그들의 존재는 미미하기 그지없습니다. 물론 저항의 싹이 완전히 끊긴 것은 아닙니다. 아시다시피……."

영운설은 차분한 어조로 현재 무림의 상황에 대해 설명을 시작했다.

무명신군은 아무런 질문도 하지 않고 묵묵히 설명을 들었다.

옥청풍을 통해 얻은 정보와 별다른 점은 없었지만 아무래도 대정련의 정보가 조금 더 방대하고 자세했다. 몇 가지 사안에 대해선 특히 더했다.

"그러니까 죽림은 별다른 움직임이 없고 암흑마교는 마교의 소교주라는 담……."

무명신군이 잠시 말을 멈추자 도극성이 언젠가 만났던, 승부를 가리지 못하고 훗날을 기약했던 한 재수없는 사내의 얼굴을 떠올리며 입꼬리를 말아 올렸다.

"담사월이라는 놈입니다."

"그래, 담사월. 한데 아는 녀석이냐?"

"예?"

"아는 녀석이냐고 물었다."

"한 번 만난 적이 있습니다."

"어떤 녀석이냐?"

도극성의 말투에서 묘한 기운을 발견한 무명신군이 흥미롭다는 표정으로 물었다.

"강한 놈입니다."

"호~ 강하다? 표정을 보니 그냥 만난 것 같지는 않고… 겨뤄보았느냐?"

"예."

"진 것이냐?"

"그럴 리가요. 그저 승부를 가리지 못했을 뿐입니다. 물론 과거의 일이지만 말이지요."

도극성은 유난히 과거라는 단어에 힘을 실으려 하였으나 그가 얼마나 강한 무공을 지녔는지 익히 아는 사람들은 그가 담사월과 승부를 가리지 못했다는 말에 놀랄 뿐이었다.

놀라기엔 아직 일렀다.

"그는 더 강해졌어요."

검후였다.

도극성의 눈썹이 꿈틀거렸다.

"도 공자도 당시의 도 공자가 아니듯 그 역시 과거의 담사월이 아니에요. 죽림의 마수에서 생사의 고비를 겪은 뒤 상상조차 할 수 없을 정도로 강해졌어요."

"……."

도극성은 말없이 그녀를 바라보았다.

다른 사람도 아니고 검후였다. 그녀가 강해졌다고, 그것도 상상할 수 없을 정도로 강해졌다고 한다면 틀림없을 것이다.

"기대가 되는군요."

그 한마디를 끝으로 도극성의 입은 다시 열리지 않았다.

"그 정도로 강하다면 쉽게 당하지는 않겠군. 도존이라는 놈도 제법 쓸 만한 무공을 지닌 놈이고. 그렇다면 역시 가장 급한 것은 바로 사자철궁이라는 말인데… 어디까지 왔느냐?"

담사월이 합류를 하기 전까지 사실상 홀로 암흑마교의 거센 공격을 막아낸 도존의 무공을 그저 쓸 만한 정도라고 간단히 정의를 내린 무명신군이 영운설에게 물었다.

"수삼 일 내로 옥문관(玉門關)을 넘을 것으로 보인다고 하니 지금 속도라면 늦어도 이십 일 이내에 중원으로 들어설 것 같습니다."

"이십 일이라… 시간이 별로 없군. 예상 경로는?"

"아직 확인되지 않았습니다."

"놈들이 어찌 움직이리라 생각하느냐?"

잠시 생각을 정리한 영운설이 곧 대답을 했다.

"확신할 수는 없지만 대략 세 가지 경로를 예상할 수 있습니다."

"말해보거라."

"첫째는 감숙과 섬서를 지나 곧바로 죽림의 본진과 합류하는 것이고, 둘째는 사천으로 방향을 트는 것입니다."

"첫째는 그렇다 치고 사천? 이유는?"

"사천엔 대정련의 핵심 문파인 청성과 아미가 있습니다. 또한 당가도 있지요. 굳이 공격을 하지 않고 그쪽으로 방향을 트는 것만으로도 대정련의 힘을 분산시킬 수 있을 겁니다. 저들을 무시하기엔 사자철궁이라는 이름이 너무도 크니까요. 유감스럽게도 사천무림의 힘만으로는 저들의 행보를 막을 수 없습니다. 게다가 이후, 남쪽의 암흑마교와 웅대하여 삼면에서 압박을 하면 문제가 심각해질 수 있습니다."

"그렇겠지. 다른 하나는 무엇이냐?"

"저들이 사천과 감숙의 경계에서 아예 움직이지 않을 수도 있습니다."

"어째서냐?"

"죽림이 노린 곳은 사자철궁뿐만이 아닙니다. 북해의 빙궁 또한 저들의 손에 무너지기 일보 직전으로 알고 있습니다. 어쩌면 이미 무너졌을지도 모르는 일이지요."

"아직은 아닐 것이다."

무명신군이 옥청풍이 준 정보를 잠시 기억하며 말했다.

"그렇다면 다행이지요. 하지만 저희가 파악한 것이 맞다면 오래 버티지는 못할 것입니다. 어쨌건 사자철궁이 북해빙궁을 기다릴 가능성이 있습니다. 분산되지 않고 최대한 힘을 모으기 위함이지요. 효과는 또 있습니다. 그들이 움직이지 않는다고 해도 언제 사천이 공격당할지 모르기에 우리들로선 준비를 하지 않을 수 없습니다. 당연히 전력의 분산이 있을 수밖에 없습니다."

"흠, 쉽지 않은 상황이로구나."

무명신군이 무겁게 고개를 끄덕였다.

"그만큼 적의 움직임을 파악하고 있다면 그에 대한 대책도 세워두었을 것. 어찌 상대할 생각이냐?"

"역시 가장 급한 것은 대막에서 오는 사자철궁입니다. 무리를 해서라도 그들의 행보는 반드시 막아야 합니다."

"쉽지 않을 텐데? 죽림이라고 그것을 모르지는 않을 터. 대정련이 움직이면 죽림도 움직인다."

"대정련은 움직이지 않습니다. 저들을 막는 것은 화산, 종남, 아미, 청성을 중심으로 하는 섬서와 사천의 무인들입니다."

화산파 문주 이진한이 말을 이었다.

"대정련으로 차출된 인원을 제외하고 이미 화산파에서 백오십, 종남에서 백이십, 아미와 청성에서 각 팔십 명의 제자들을 파견하는 것으로 결정을 보았습니다. 또한 인근 군소문파의 지원까지 포함하면 대략 천오백여 명의 병력을 동원할 수 있을 것입니다."

"그들만으로 막을 수 있겠느냐? 사자철궁을 제외하고 죽림의 인원만 오백이 넘는다고 들었다. 그들은 강하다."

무명신군의 말에 검존이 입을 뗐다.

"부족한 감이 있지만 어차피 목표는 저들의 행보를 묶는 것. 승리를 거두기 위함이 아니라면 결코 적지 않은 숫자입니다."

"그리 말을 하는 것을 보니 네가 직접 가려고 하는구나."

"그럴 생각입니다."

"흠, 좋다. 사자철궁은 그렇게 해결한다고 하고. 다음엔 어찌할 생각이냐?"

무명신군이 영운설에게 시선을 보냈다.

"그들의 발을 묶는 사이 자중지란에 빠져 있는 암흑마교를 무너뜨릴 생각입니다."

"암흑마교를?"

"예. 소림맹룡과 낙일검이 이끄는 정예가 여전히 적의 배후를 교란시키고 있고 경덕진을 중심으로 암흑마교의 소교주와 도존 갈천수가 대항 세력을 이끌고 있습니다. 장학선이라는 자가 암흑마교를 장악했다고는 하지만 다른 사람도 아니고 소교주 담사월이 그 정통성을 부정하고 있습니다. 암흑마교의 수뇌부에서 그들을 제압하기 위해 필사적으로 노력하고 있습니다만 상대가 상대인지라 꽤나 애를 먹고 있는 모양입니다. 이틀 전만 해도 그들을 쓰러뜨리기 위해 움직였던 암흑마교가 백여 명이 넘는 인원을 잃고 황망히 패퇴했다고 하더군요. 여기서 중요한 것은 이틀 전 싸움에서 패퇴한 암흑마교가 전에 없는 전력으로 다시금 경덕진을 노린다는 것입니다. 암존 독청웅, 천외독조, 적혈부왕 태무룡을 필두로 하여 백팔마제 중 열다섯이 움직이는 것으로 확인되었습니다."

"백팔마제라는 놈들도 꽤나 줄었고, 그 정도면 암흑마교가 지닌 힘의 오 할은 상회할 텐데 놈들이 꽤나 무리를 하는구나."

"암흑마교의 현 수뇌진들에게 있어 담사월과 도존 등의 존재는 그야말로 입속에 박힌 가시와 같은 것입니다. 아무리 피해를 많이 본다고 해도 반드시 처리를 해야 하는 일이지요. 우리와 큰 싸움을 앞둔 상황에선 더욱 그렇지요. 역으로 말해 우리가 암흑마교를 칠 수 있는 기회는 오직 지금뿐이라는 말도 됩니다."

"이번에 움직인 놈들의 면면을 보자면 틀린 말도 아니구나. 그래, 누가 놈들을 맡을 생각이냐?"

무명신군의 물음에 암흑마교를 공격하기로 합의를 한 자들이 서로 눈치를 보는 듯하자 영운설이 다시 입을 열었다.

"이번 암흑마교 공격의 주축은 수라검문과 사도천이 될 것이고 대정련에선 점창과 공동의 정예들이 투입될 예정입니다. 또한 문인세가와 구양세가를 비롯하여 검후 이하 검각의 오십 검수들, 안휘, 절강, 강소의 무인들이 대거 지원을 하게 될 것입니다. 물론 현재 장강 이남에 남아 있는 대정련의 정예들 또한 보조를 맞추게 될 것입니다."

동진하는 사자철궁을 막기 위해 움직이는 전력도 만만치 않았지만 암흑마교를 치기 위해 움직이는 전력은 실로 상상을 불허할 정도였다.

"흠, 그 정도라면 가능성이 없지는 않겠구나. 아니, 충분하다. 문제는 죽림이다. 사자철궁이야 어쩔 수 없다고 해도 암흑마교까지 공격을 당하면 가만히 있지 않을 것인데, 그에 대한 대책은 있느냐?"

대답은 대정련주 공진 대사가 대신했다.

"죽림은 이곳에 모인 대정련의 무인들과 소림, 무당의 제자들이 목숨을 걸고 막아낼 것입니다. 더불어 호북과 하남, 하북의 모든 문파들이 힘을 보태기로 하였습니다."

"악가는 물론이고 당가와 팽가 또한 모든 식솔들을 이끌고 참여할 준비가 되어 있습니다."

악가의 가주 악운비(岳澐飛)가 말했다.

"상대는 암중에서 무림을 유린한 죽림이다. 자신이 있느냐?"

무명신군이 착 가라앉은 음성으로 물었다.

"솔직히 죽림의 힘이 어느 정도인지 가늠키 힘듭니다. 그저 여러 정황으로 가늠할 뿐이지요. 그래도 부족하다고는 생각하지 않습니다."

영운설의 자신만만한 대답에 헛웃음을 살짝 흘린 무명신군이 도극성에게 물었다.

"너는 어찌 생각하느냐? 계획대로 될 것이라 생각하느냐?"

잠시 머리를 갸웃거리던 도극성이 말했다.

"암흑마교의 상대라면 충분할 것 같은데요. 다만 문제는 사자철궁을 굴복시키고 그들과 함께 몰려오는 죽림의 정예들인 것 같습니다. 검존 어르신께선 단지 저들의 발걸음을 묶는 것이 목표라 하셨지만 잘될는지는……."

"네 얘기는 틀렸다. 아니, 모두 틀렸다. 문제는 사자철궁이 아니라 여전히 암약하고 있는, 대체 얼마만큼의 큰 힘을 지니고 있는지 알 수 없는 죽림이다."

"예? 그들이 아무리 강하다고는 해도 대정련과 소림, 무당이 힘을 합쳤습니다. 게다가 악가와 팽가를 비롯하여 여러 문파에서 최정예를 투입하는 이상 충분히 상대할 수 있다고 봅니다. 게다가 저들은 세외를 굴복시킨다고 전력을 분산하지 않았습니까?"

모든 이들의 마음이 도극성과 다르지 않았다. 하지만 무명신군의 어조는 단호했다.

"여기서 놈들과 제대로 대적을 해본 녀석이 누가 있느냐? 상대를 했다고 해도 그저 밑의 하수인들뿐. 죽림의 고수와 생사결을 벌인 경험이 누가 있느냔 말이다."

좌중은 침묵했다.

"내가 상대한 죽림 놈들 중에 어린 나이에도 제법 뛰어난 무공을 지닌 녀석들이 있었다. 나중에 알게 되었지만 스스로를 무적팔위라고 부른다던가. 웃긴 놈들이지."

무적이라는 말에 가소롭지도 않다는 표정을 지어 보인 무명신군이 말을 이었다.

"그런데 말이다. 노부라면 몰라도 너희 녀석들에겐 결코 웃긴 놈들이 아니었다. 놈들 개개인의 무공은 실로 대단한 것이었어."

무명신군이 적당한 인물을 찾아 시선을 돌리다 부리부리한 눈, 얼굴을 뒤덮은 크고 작은 상처, 각진 턱, 기형적으로 큰 오른쪽 손 등 모인 이들 중 그 누구보다 강한 인상을 지니고 있던 노인을 가리켰다.

"놈들 중 가장 약한 놈이 최소한 너보다는 강했다."

지적을 당한 노인이 두 눈을 부릅뜨며 벌떡 일어났다. 심지어 언성을 높이기까지 했다.

"그걸 말씀이라고 하십니까?"

사람들은 단순히 놀라는 것을 넘어 기절할 지경이었다.

노인이 그 누구도 감히 거스르지 못했던 무명신군에게 대들어서가 아니었다.

그들은 무적팔위라는 자들 개개인이, 그것도 가장 약한 자가 노인보다 강하다는 무명신군의 말에 기겁을 한 것이었다.

노인이 누구던가.

삼권진천(三拳振天)!

삼권이면 하늘마저 뒤흔든다는 권존 강륜(羗崙)이었다.

"말이 아니면? 개소리란 말이냐?"

무명신군이 싸늘히 노려보며 되물었다.

그 날카로운 눈에 자신이 무슨 짓을 한 것인지 깨달은 강륜이 엉거주춤 자리에 앉았다. 그래도 불만 섞인 표정은 어쩔 수가 없었다.

"자세히 말씀을 해주시지요. 저 친구가 저리 놀라는 것도 무리는 아닌 것 같습니다. 무적팔위라는 자들이 그리 강한 무공을 지닌 것입니까?"

검존 순우관이 놀란 가슴을 애써 진정시키며 물었다. 강륜이 상대가 되지 않는다면 그 역시 예외는 아니기 때문이었다.

"노부는 쓸데없는 농 따위는 하지 않는다."

못마땅한 표정으로 강륜을 일별한 무명신군은 그래도 설명을 요하는 군웅들의 기색을 보며 혀를 찼다.

"쯧쯧, 뭐가 뭔지도 모르고 그저 헛된 명성에 사로잡혀 있으니. 그럼 묻겠다. 네가 도존 갈천수와 싸운다면 승부는 어찌 될 것이라 보느냐?"

무명신군의 물음에 잠시 멈칫한 강륜이 이를 지그시 깨물며 대답했다.

"지지는 않을 것입니다."

"아니. 진다."

"하지만……."

"과거엔 어땠는지 내 알 바 아니지만 지금이라면 네놈이 진다. 왜? 노부의 안목을 못 믿겠느냐?"

"……."

강륜은 벌게진 얼굴로 대꾸를 하지 못했다.

"검존과 붙는다면……."

지그시 검존을 훑는 무명신군. 그의 시선을 느끼며 검존은 자신도 모르게 숨을 죽였다.

"호~ 그동안 놀고 먹지만은 않았군. 제법 경지에 올랐어."

"과찬입니다."

검존의 얼굴이 대번 밝아졌지만 이어진 설명에 다시 그늘이 졌다.

"도존과 비슷한 실력이라면 필승을 자신할 수는 없겠지만 무적팔위라는 놈들과 그런대로 대적할 수는 있겠구나."

무명신군은 군웅들이 어찌 반응하기도 전에 말을 이었다.

"지난번 대붕금시의 일로 놈들과 싸운 적이 있었다. 알고 있는 사람도 있겠지만 당시 노부를 합공한 놈들이 바로 적혈신마와 도존, 그리고 당시엔 이름도 알지 못하는 애송이 한 놈이었다. 결론만 말해서 자신을 죽림의 사자라고 밝힌 애송이, 무적팔위 중 한 놈이었던 자의 실력은 적혈신마는 물론이고 도존을 앞서는 것이었다. 믿을 수 없다고? 믿어라. 당시 감춰진 놈의 실력에 노부가 어떤 지경에 이르렀는지는 곁에서 지켜본 이 녀석이 잘 알고 있으니까."

무명신군이 옥청풍의 정수리에 손바닥을 얹으며 말했다.

뭇 군웅들의 시선을 한 몸에 받게 된 옥청풍이 주변을 두리번거리다가 엉거주춤 일어나며 말했다.

"어르신의 말씀이 틀림없습니다. 비록 명성도 없고 가진 바 실력도 비루하지만 능위소가 적혈신마나 도존보다 더 강했다는 것은 확실히 알 수 있었습니다."

천불각에 더할 수 없는 적막감이 찾아왔다.

무거운 공기가 좌중을 휘감고 태산과도 같은 압박감이 그들 모두를 짓눌렀다.

"그동안의 첩보를 통해 죽림에 무적팔위가 있다는 것은 알고 있습니다. 그들 몇 명이 어르신께 당한 것도요. 물론 강하다는 것도 알고 있었습니다. 하지만 설마하니 이 정도로 강할 줄은······."

영운설은 차마 말을 잇지 못했다.

상대의 강함을 제대로 파악하지 못한 상태에서 수립한 계획은 무용지물과도 같기 때문이었다.

"어찌해야 합니까?"

검존이 모든 이들을 대표해서 물었다.

최고의 변수(變數)

절망감에 사로잡혔던 좌중의 시선에 조금씩 생기가 돌았다.

아직 절망하기엔 일렀다.

그토록 강하다는 무적팔위를 벌써 몇 명이나 절단 낸, 그들에겐 그 누구도 부인하지 못하는 천하제일고수 무명신군이 있었으니까.

"노부에게도 딱히 방법은 없다. 그저 몇 가지 쓸데없는 의견만이 있을 뿐."

"말씀해 주십시오."

"근본적으로 너희들의 계획엔 노부도 동감한다. 동진하는 사자철궁을 막고, 대정련과 소림, 무당을 중심으로 죽림의 준동을 제어한 상황에서 아직 혼란을 수습하지 못한 암흑마교를 친다는 그 이상의 방법은 없을 것 같구나. 다만 세부적인 사항에서 조금 이견이 있다. 특히 북해빙궁을 너무 간과하는 것 같아 걱정이다."

"간과한 것은 아닙니다만 그쪽까지 신경 쓰기엔 전력이……."

영운설의 말에 무명신군이 이해한다는 표정으로 고개를 끄덕였다.

"어쩔 수 없다는 것은 노부도 알고 있다. 그렇다고 아예 신경을 끊을 수는 없는 노릇이 아니더냐?"

"세이경청하겠습니다."

영운설은 물론이고 검존, 공진 대사까지 나서서 고개를 숙였다.

"뭐니 뭐니 해도 죽림이 핵심이다. 우선적으로 놈들이 움직이는 것을 막아야 한다. 그러기 위해선 소림과 무당으론 부족하다. 화산과 종남의 모든 전력이 힘을 보태야 할 것이다."

"하오나……"

"들어라."

단박에 말을 자른 무명신군이 다소 빠른 어조로 말을 이었다.

"무적팔위의 무공을 감안했을 때 아직 드러나지 않은 고수가 얼마나 있을지 가늠키 힘든 터. 그들이 본격적으로 나서지 못하도록 견제하기 위해선 무슨 짓이라도 해야 한다. 그러기 위해선 남아 있는 모든 힘을 동원한다고 해도 과하지 않을 것이다. 특히 개방의 힘이 절대적으로 필요하다."

구인걸은 무명신군이 전하고자 하는 말을 이미 알아들었다.

"놈들과 관련이 있다고 의심되는 것은 개미 새끼 한 마리라도 놓치지 않을 것입니다."

"대정련과 여러 문파들이 한데 모은 힘이 죽림을 견제하는 동안 암흑마교를 친다. 동원되는 인원은 먼저 계획과 그다지

차이가 없다. 다만 사자철궁을 공격하기로 하였던 아미와 청성이 이쪽으로 합류한다. 대신 사도천, 아니, 장영이라고 했더냐?"

무명신군이 자신을 부르자 그렇잖아도 무명신군을 어려워하던 장영이 떨떠름한 표정으로 대꾸했다.

"그렇습니다."

"너는 암흑마교를 공격하지 않는다."

순간, 장영의 기세가 돌변했다.

꽝!

천불각을 뒤흔드는 타격음과 함께 장영이 무시무시한 혈광을 뿌리며 자리에서 일어났다. 그의 앞에 놓여 있던 탁자는 이미 가루로 변해 흩어진 지 오래였다.

"제가 빠지다니요! 말이 되는 소리를 하십시오!"

핏대를 세우며 외쳐 대는 장영의 기세가 어찌나 살벌했는지 주변 사람들의 얼굴이 새하얗게 질렸다.

"경덕진은 우리 사도천의 심장과도 같은 곳. 내가 아니면 누가 간단 말입니까? 누가 감히 간단 말이오!"

장영이 좌중을 쏘아보며 말했다.

"……."

기세에 눌린 군웅들이 별다른 말을 하지 못하자 장영은 다소 분이 풀린 듯한 모습이었다. 하나 무명신군과 시선이 마주친 직후, 그의 얼굴은 조금 전 그의 살기에 놀란 이들보다 더욱 창백하게, 창백하다 못해 시퍼렇게 변해 버렸다.

"그때의 교훈이 부족했던 모양이구나."

차가운 한마디에 장영의 심장은 차갑게 식었다.

"그, 그게……."

곁에서 어쩔 줄을 몰라 하고 있던 예당겸이 황급히 입을 열었다.

"방금 이 아이가 말씀드린 대로 경덕진은 사도천의 총단이 있던 곳입니다. 게다가 이번에 대항 세력을 치기 위해 암흑마교를 이끄는 암존은 불구대천의 원수나 다름없습니다. 부디 이해를 해주시지요."

"불구대천이라……."

무명신군이 장영을 가만히 노려보았다. 장영은 침을 꿀꺽 삼키면서도 시선을 피하지 않았다.

"혹, 일전의 실수 때문에 그런 것입니까?"

장영이 한 줌 남은 용기를 쥐어짜며 물었다. 그러자 무명신군이 어이가 없다는 듯 코웃음을 쳤다.

"네놈이 노부를 참으로 속 좁은 늙은이로 만들려고 하는구나."

"아니면 저의 실력을 믿지 못해서 그러시는 겁니까? 비록 어르신께는 대적할 수 없을지 몰라도 이곳에 모인 그 누구도

저의 상대는 되지 못합니다."

가슴을 쭉 펴며 소리치는 장영은 어느새 무명신군에게 주눅 든 모습에서 벗어나 사도천의 천주로서의 기세를 뿜어내고 있었다.

"참으로 곤란한 놈이 아니더냐!"

무명신군이 노한 음성으로 소리쳤다. 자연적으로 그의 전신에서 형언할 수 없는 기도가 사방으로 뿜어져 나가고 그 기세를 정면으로 감당해야 했던 장영의 신형이 바람에 흔들리는 갈대마냥 마구 흔들렸다.

"사황의 진전을 이었다고 말하는 꼴이 실로 가관이 아니로구나. 상대가 되지 못한다고 했느냐? 가장 강하다고 했느냐? 네놈이 데리고 다니는 마물까지 총동원하면 그럴지도 모르겠다. 그것도 아주 운이 좋아야겠지만 말이다. 하지만 일대일로 겨룰 경우 네놈을 꺾을 사람이 이곳에 최소한 넷은 된다."

"있을 수 없는 일입니다!"

입술을 꽉 깨물어 정신을 수습한 장영이 악에 받친 듯 외쳤다.

"충분히 있을 수 있다. 궁금하더냐?"

장영의 당돌함이 마음에라도 든 것인지 무명신군이 빙그레 웃으며 물었다. 몸에서 뿜어내던 기세는 어느샌가 사라지고 없었다.

 장영이 고개를 끄덕였다.

 사람들의 기대에 찬 시선이 일제히 무명신군에게 향했다. 지금 이 순간, 그들의 뇌리엔 죽림도, 암흑마교도 없었다. 무인 본연으로 돌아가 과연 누가 얼마나 강한지에 대한 궁금증만이 자리하고 있을 뿐이었다.

 "우선 말코… 험, 도성이 있겠고."

 무명신군은 말코라는 말을 쓰려다가 그래도 같이 늙어가는(?) 처지라 여겼는지 나름 대접을 해주었다.

 장영이 입술을 살짝 비틀었지만 뭐라 대꾸를 하지 않았다. 군웅들은 당연하다는 듯 고개를 끄덕였다.

 무림이성.

 비록 불성이 암흑마교 교주와의 일전에서 목숨을 잃기는 했지만 아직 그들의 신화는 사람들의 뇌리에 전설로 남아 있었기 때문이었다.

 "화산에도 하나 있군."

 당연히 검존이라 여긴 시선이 순우관을 쫓았다. 한데 무명신군은 물론이고 순우관까지도 자신이 아닌 다른 사람을 염두하는 듯 고개를 돌렸다.

 시선의 끝에 영운설이 있었다.

 "화산이 인물 하나는 정말 제대로 키웠어."

무명신군의 말에 장영의 얼굴이 무참히 일그러졌다.

비단 장영만이 아니었다.

지금껏 영운설이 무공을 지녔다는 사실을 알고 있던 이들이 많지 않은 터라 다들 어리둥절한 표정이었다. 게다가 그녀가 화산파가 배출한 최고의 검객 검존을 능가한다는 말은 더욱 믿기 힘든 것이었다.

그들의 반응과는 상관없이 무명신군의 말은 이어졌다.

"검각의 검은 천하가 인정하는 것이고."

검후가 거론되자 검각의 검수들의 입이 함지박만 해졌다. 검후의 실력과 명성이야 두말할 것은 아니지만 다른 사람도 아닌 무명신군이 인정을 했다는 것이 그들을 더없이 기쁘게 만들었다. 검후는 가벼운 목례로 인사를 표했다.

"그리고 과거엔 몰라도 지금이라면 이 녀석도 네놈에겐 지지 않을 게다."

무명신군이 옆에 앉은 도극성의 어깨를 툭 치며 말했다.

"그 말씀을 믿으란 말입니까?"

장영이 불신의 빛을 띠며 물었다.

"못 믿겠느냐? 마음대로 생각하여라. 하나 내가 거론한 사람들과 붙는다면 네놈은 결코 이길 수 없을 것이다."

"그거야 두고 보면 알겠지요."

장영은 더 이상의 말은 의미가 없다는 듯 시선을 돌려 방금 전, 무명신군이 거론한 사람들을 노려보기 시작했다. 특히 도극성을 노려보는 눈초리가 심상치 않았는데 아무래도 무명신군의 제자라는 점을 의식한 듯싶었다.

"어르신, 하면 이 아이의 역할은 무엇입니까?"

옷자락을 슬그머니 잡아당겨 아직도 분기를 가라앉히지 못하고 있는 장영을 자리에 앉힌 예당겸이 물었다.

"기다리면 자연적으로 알게 될 것이야."

단번에 예당겸의 입을 막은 무명신군이 좌중을 둘러보며 선언하듯 말했다.

"서쪽에서 오는 사자철궁은 내가 막는다."

일순간의 침묵이 천불각에 다시 찾아들었다.

"혼자선 무리라는 것은 노부 역시 잘 알고 있다. 해서 몇 명을 데려갈 생각이다. 도성은 대정련을 지켜야 하니 제외할 것이고. 우선 검존."

"예, 어르신."

"나와 간다."

"알겠습니다."

"둘도 함께 간다."

무명신군이 가리킨 사람은 권존 강륜과 광마 강호포였다.

권존과 광마가 일어나 허리를 꺾었다.

"당가의 힘 또한 필요할 것 같구나."

말이 끝나기가 무섭게 당가의 전대 가주 당온이 걸걸한 음성으로 대답했다.

"언제든지 불러만 주십시오."

무명신군은 그 외에도 몇몇을 더 추가로 호명했다. 대부분은 권존처럼 따로 세력을 갖춘 자들은 아니었지만 저마다 뛰어난 무공을 지닌 자들이었다. 그들 중 누구도 불만을 품거나 반발을 하지 않았다. 오히려 무명신군과 함께 싸운다는 것을 영광이라고 여기는 모습들이었다.

"그 정도 전력으로 가능하시겠습니까?"

공진 대사가 걱정스럽게 물었다.

새롭게 당가가 추가되었다 해도 지난 싸움으로 세력이 많이 위축된 상태였고 처음부터 사자철궁을 막기로 되어 있던 많은 문파들이 여전히 포함되어 있었지만 화산과 종남, 아미, 청성파의 이탈은 상당한 전력의 누수가 아닐 수 없었다.

"목표는 다르지 않다. 한 손이 열 손을 막을 수는 없는 법. 전력상 저들을 격퇴하는 것은 불가능한 일이다. 그저 최대한 이동을 지연시키는 쪽으로 방향을 잡을 것이야. 뭐, 피해를 줄 수 있다면 그건 그때의 일일 것이고."

무명신군의 말이 끝나기가 무섭게 장영이 질문을 던졌다.

"사자철궁도 아니면 저는 어디서 싸워야 하는 겁니까?"

"네 녀석 말이냐?"

무명신군이 의미심장한 눈빛으로 그를 바라보았다.

"이제부터 너와 함께 움직일 동료들을 가르쳐 주마."

무명신군은 군웅들이 생각할 틈도 없이 밀어붙였다.

"곽월."

"예, 어르신."

"초혼살루의 힘이 필요할 것 같구나."

"알겠습니다."

어딘지, 무슨 이유인지도 몰랐지만 곽월은 토를 달지 않았다.

"너도 함께다."

무명신군이 가리킨 사람은 영운설이었다.

"……."

영운설은 머뭇거리며 대답을 하지 못했다.

"그리고 너도다."

무명신군이 마지막으로 거론한 사람은 도극성이었다.

"예? 저도요?"

도극성이 깜짝 놀라 반문했지만 그를 무시한 무명신군이 묘한 웃음을 짓고 있는 옥청풍을 살짝 바라본 후 말했다.

"최소의 인원이지만 어쩌면 최강의 전력이라 할 수 있는 너희들. 장담컨대 너희들은 이 싸움의 향방을 결정짓는 최고의 변수가 될 것이다."

당연하게 여기는 무명신군과는 달리 그에게 거명된 이들은 물론이고 모인 사람들 모두가 어찌 된 영문인지 이해를 하지 못하고 고개를 갸웃거렸다. 다만 영운설만이 알 듯 말 듯 한 표정으로 깊은 생각에 잠길 뿐이었다.

第六十七章
북경대란(北京大亂)

천하제일 천화대상련(天華大商聯).

북경 남문에 자리한 천화대상련은 중원 상권의 절반을 지니고 있다는 소문을 증명이라도 하듯 그 규모가 실로 방대했다. 수십 개의 고루거각은 물론이고, 헤아릴 수 없을 정도로 많은 전각들. 그 사이 사이를 연결하는 크고 작은 도로를 보고 있노라면 단순한 장원의 규모를 넘어 마치 작은 성이라 해도 과언이 아니었다. 게다가 상주하는 인원만 삼천에 하루 동안 오고 가는 인원이 수만에 이르니 거래되는 재화 또한 상상을 불허할 정도였다.

천하 경제를 틀어쥐고 있는 천화대상련에도 밤은 찾아왔다.

밤이 깊어지고 동쪽 고루(鼓樓)에 걸렸던 달이 하늘 높이 치솟았다.

보름이 지난 터라 모습은 조금씩 이그러지고 있었지만 사위를 환히 밝히는 달빛만큼은 여전했다.

그런 달빛을 비웃기라도 하듯 서쪽 담장을 넘는 이들이 있었다. 높이만 삼 장에 이르건만 단 한 번의 도약으로 담장을 넘은 이들은 처음부터 목표를 정한 듯 한 지점을 향해 곧바로 이동하기 시작했다.

규모가 크고 온갖 재화가 넘쳐 나는 만큼 천화대상련의 경계는 황성을 방불케 할 정도로 대단했다. 외부로 통하는 정문과 서문, 동문엔 각기 수십 명의 사병이 지키고 있었고 내부에서도 삼삼오오 짝을 지어 혹시 모를 침입자들에 대한 경계를 게을리하지 않았다.

그러나 애당초 침입자들의 수준이 달랐다.

그들이 담을 넘는 것을 본 사람은 아무도 없었고 얼마 떨어지지 않은 곳을 스쳐 지나감에도 알아채는 사람 또한 아무도 없었다. 그저 지나간 후에 슬그머니 따라붙는 바람에 잠시 고개를 돌려보는 것이 전부일 뿐이었다.

그렇게 달리기를 잠시, 일행은 곧 천화대상련 중심에 우뚝

선 건물에 도착했다.

등천각(䂮天閣).

천화대상련의 련주이자 중원의 상권을 한 손에 쥐고 있으며, 막강한 자금력을 바탕으로 관부에도 그 영향력이 황상을 능가한다는 천화대상련주의 거처가 바로 그곳이었다.

"놈!"

일행 중 한 명이 금방이라도 용이 되어 하늘로 솟구쳐 오를 만큼 웅장한 필체의 현판을 바라보며 주먹을 불끈 쥐었다.

전각 안으로 뛰어들려는 기세에 놀란 동료가 그의 어깨를 잡았다.

"흥분하지 마십시오. 자칫하면 일을 그르치는 수가 있습니다. 지금은 신중해야 합니다."

"미, 미안하네."

사내, 옥청풍이 얼굴을 붉히며 말했다.

"어때 보여?"

옥청풍에게 주의를 준 도극성이 곁에 선 곽월에게 물었다.

"글쎄. 쉽지는 않겠는데. 생각보다 경계가 삼엄해."

"저들 역시 때가 때이니만큼 조심하는 것이겠지. 솔직히 예상 못한 바는 아니잖아."

"그래도 너무 많아. 당장 등천각 쪽에서 파악되는 인원만 삼십이 훨씬 넘는데다가 하나같이 뛰어난 고수들로 보인다.

문제는…….."

"다른 자들도 있는가?"

옥청풍이 조심스레 끼어들며 물었다.

"예. 자신의 기척을 거의 완벽하게 감추고 있는 자들이 제법 되는군요."

"그렇… 군."

옥청풍의 안색이 살짝 어두워졌다.

도극성과 곽월이 경계할 정도의 고수, 게다가 그 숫자 또한 많다면 오늘의 거사, 회천(回天)이라 명명된 작전이 실패할 수도 있다고 여겼기 때문이었다.

지금 이 순간, 도극성과 곽월이 천화대상련에 나타난 것처럼 북경 곳곳에서 초혼살루의 살수들이 은밀히 움직이고 있었다.

초혼살루의 목표가 된 이들은 천화대상련주 혜선을 정점으로 하여 황상을 능멸하고 조정을 마음대로 조종하는 역적들로, 동창의 수장인 병필태감, 금의위(錦衣衛)의 수장인 고휴(高烋), 오군도독부(五軍都督府)의 좌우 도독 등 저마다 최고의 권력을 지닌 자들이었다.

하지만 옥청풍은 목표했던 모든 이들의 제거에 성공한다고 해도 우두머리인 혜선을 제거하지 못한다면 작전은 사실상 실패라 여기고 있었다. 혜선의 힘이라면 암살로 사라진 자들을 몇몇 허수아비들을 내세워 대체하게 한 뒤 또다시 황권을 능멸할 수 있기 때문이었다.

"그렇다고 너무 걱정하지는 마십시오. 이 녀석과 함께라면 불가능하지는 않을 테니까요."

옥청풍의 기색을 읽은 도극성이 달래며 말했다.

"다만 다시 한 번 확실하게 짚고 넘어갔으면 합니다."

"무엇을 말인가?"

"관과 무림은 불가분의 관계. 오늘 일로 차후에 어떤 분란이라도 일어나면 안 될 것입니다."

"물론이네. 자네들은 지금 단순한 무림인이 아니라 동창의 작전을 지원하는 조력자의 역할일세. 황상의 재가를 얻고 하는 일인데 무엇이 걱정이란 말인가? 지난날, 어르신을 공격하는 과정에서 군권을 장악하고 있는 죽림에서 관병을 동원한 적이 있다는 것을 아는가?"

"예. 알고 있습니다."

"만약 죽림이 조정을 계속해서 장악하고 있다면 그와 같은 일이 또다시 벌어지지 말라는 법은 없네. 직접적이 아니라 간접적으로나마 지원을 해도 그 압박감은 상당할 것이야. 하나, 오늘 밤의 거사만 제대로 이뤄진다면 조정을 장악하고 있는 죽림의 세력을 완벽하게 뿌리뽑지는 못해도 어느 정도 제거했다고 할 수 있다네. 특히 군권을 장악할 수 있다는 것이 고

무적이지. 황실은 물론이고 이는 무림에도 큰 도움이 되는 일이야."

"믿겠습니다."

옥청풍에게 신뢰의 눈빛을 보낸 도극성이 곽월의 어깨 너머로 등천각을 응시하며 말했다.

"잠입하기가 쉽지는 않겠지?"

"아무래도. 잠입을 한다고 해도 기회를 잡기가 만만치 않을 것 같다. 며칠 여유를 두고 때를 노린다면 문제는 아닌데 시간이 없으니."

지금껏 곽월에게 실패란 존재하지 않았다. 다만 시간이 촉박한 것이 문제라면 문제였다.

"그럼 어쩔 수 없지."

도극성이 갑자기 벌떡 일어나자 곽월이 두 눈을 동그랗게 뜨며 물었다.

"뭐하는 거야?"

"들어가기가 힘들면 불러내면 될 것 아니야. 우선 내가 유인을 할 테니까 기회를 잘 살펴봐."

"놈들이 쉽게 움직일까?"

"움직이게 만들면 되지."

싱긋 웃은 도극성이 물 찬 제비처럼 전각 사이를 뛰어넘으며 등천각의 삼층 누각에 안착했다. 그리곤 조금씩 안쪽을 탐

색하기 시작했다.

"유인을 한다면서 저렇게 은밀히 움직여도 되는 건가?"

옥청풍이 도극성의 행동을 이해하지 못하겠다는 듯 고개를 갸웃거렸다. 그는 유인이 아니라 그 어떤 자객보다 더욱 신중하고 은밀하게 움직이고 있었다.

"두고 보시면 알게 될 겁니다."

이미 도극성의 행동을 이해한 곽월이 살짝 미소 지었다.

도극성의 은밀한 움직임은 얼마 안 가 발각이 되고 말았다. 그가 삼층 누각의 창문을 뚫고 안으로 사라진 지 정확하게 반각 후의 일이었다.

꽈드드득!

요란한 소리와 함께 창문이 통째로 날아갔다.

창문의 잔해와 함께 떨어져 내린 도극성의 뒤로 무수히 많은 이들이 모습을 보였다.

"시작됐군요."

걱정스런 눈빛의 옥청풍과는 달리 곽월은 태연했다. 오히려 차분한 눈빛으로 어느 정도의 무인들이 도극성의 유인책에 걸려들었는지, 또 등천각에 남아 있는 이들의 숫자는 얼마나 되는지 면밀히 살피고 있었다.

"포위되고 말았네."

옥청풍이 등천각 입구의 넓은 공터에 홀로 고립된 도극성을 안타깝게 바라보며 말했다.

등천각은 물론이고 소란을 듣고 주변에서 달려온 경계병들 때문에 언뜻 보기에도 대략 사오십은 넘어 보이는 무인들이 도극성을 에워싸고 흉흉한 기운을 뿜어내고 있었다.

"걱정 마십시오. 저 정도에 어찌 될 녀석이 아닙니다. 솔직히 녀석이 작심하고 쳐들어가도 끝났을 일입니다. 다만 그랬다간 목표를 놓칠 수도 있기에 이런 수고를 하는 것이지요."

천천히 자리에서 일어난 곽월이 본격적으로 움직이기 전, 한마디를 더 했다.

"그래도 정 걱정되시면 때를 보아 한 손 거들어주시지요. 조력자가 있다는 것만으로 꽤나 도움이 될 것입니다."

"알았네. 하면 자네는······."

도극성에게 시선을 두느라 잠시 곽월을 놓쳤던 옥청풍은 어느새 저 멀리 사라져 가는 곽월의 움직임을 보며 경악을 금치 못했다. 비대한 몸짓에 전혀 어울리지 않는, 빠르면서도 너무도 은밀한 움직임을 보면서 그가 어째서 초혼살루의 루주인지, 천하제일살수라 불리는지 조금은 이해를 할 수 있을 것 같았다.

"네놈은 누구냐?"

독 안에 든 쥐를 툭 건드려 보는 고양이의 심사일까? 도극성을 완벽하게 가뒀다고 여긴 조웅진(趙雄震)이 스산한 눈빛을 빛내며 물었다.

도극성은 별다른 말 없이 상대를 바라보았다.

'제법 뛰어난 자로군.'

천화대상련주를 그림자처럼 호위하는 밀단(密團)의 부단주답게 조웅진은 한눈에 보아도 상승의 무공을 익힌 고수의 풍취를 지니고 있었다.

'신경 쓸 정도는 아니고……'

도극성은 조심히 주변을 살폈다.

인원이 꽤 되기는 하였으나 전방에서 포위망을 구축하고 있는 자들 중 조웅진 이상의 고수는 보이지 않았다. 다만 다소 떨어진 곳에서 퇴로를 완벽하게 차단하고 있는 네 명에게선 상당한 존재감이 느껴지고 있었다.

'놈들이군.'

그 네 명이 등천각을 공격하면서 가장 꺼려했던 존재들임을 상기한 도극성의 눈매가 가볍게 모아졌다.

'네 명이라면 아직도 등천각에 머물고 있는 놈들이 있다는 말인데. 하긴, 우르르 몰려나오는 것도 이상하지.'

비록 또 다른 고수들이 등천각에 머물고 있다지만 그래도 등천각을 지키는 호위무사들 중 상당수가 자리를 비운 것만은 사실이었다. 곽월의 능력이라면 충분히 상대할 수 있으리라 여긴 도극성은 기왕 시작한 것, 곽월이 보다 편하게 움직일 수 있도록 최대한 요란하게 일을 벌일 작정이었다.

"귓구멍이 막혔느냐? 네놈은 누구냐고 물었다."

조웅진이 살광을 흩뿌리며 소리쳤다.

"병신. 궁금한 게 있으면 그렇게 말로 묻지 말고 직접 덤벼봐."

"원하지 않아도 그리해 줄 작정이었다. 들어야 할 말이 있으니 우선 그 혓바닥은 보존케 해주마. 하지만 팔다리는 필요 없겠지. 애들아!"

말이 끝나기가 무섭게 조웅진의 수하들이 정확히 네 방향에서 도극성을 노리며 달려들었다.

저마다 빠른 움직임이나 날카로운 공격력으로 보아 그와 같은 공격을 오랫동안 연습한 흔적이 보였다.

'사상진(四象陣)? 호, 제법인데.'

감탄은 했지만 그뿐이었다.

도극성은 공격을 피할 생각을 하지 않았다. 오히려 기세 좋게 칼을 휘두르며 역공을 펼쳤다.

퍼퍼퍽!

요란한 소리와 함께 그를 노렸던 네 개의 검이 모조리 부러져 나가고 검의 주인들 또한 가슴을 부여잡고 나뒹굴었다.

곧이어 또 다른 합격진이 도극성을 노리며 달려들었지만

결과는 마찬가지였다.

도극성의 막강한 내력이 실린 칼에 스치기만 해도 들고 있던 무기가 모조리 산산조각이 나버렸고 무기를 통해 흘러들어 온 기운에 다들 심각한 내상을 입고 쓰러졌다.

"머, 멈추지 마랏. 쳐랏!"

조웅진이 굳은 표정으로 명을 내리자 잠시 흔들렸던 포위망이 더욱 공고히 벽을 쌓으면서 도극성을 압박하기 시작했다. 다만 포위망의 중심에서 오연히 버티고 있는 도극성이 그다지 큰 압박감을 받지 않았다는 것이 그들의 불행이라면 불행이었다.

스윽.

단숨에 오 장여를 움직이는 기척이었으나 문틈을 뚫고 들어와 등불을 흔들리게 만드는 바람 소리보다 더 작았다.

도극성이 엉망으로 만들어 버린 창문을 통해 등천각 안으로 잠입한 곽월은 온몸의 감각을 극대화시키며 조금씩 목표를 향해 이동하기 시작했다.

'너무 밝군.'

어둠은 살수에게 최고의 친구이자 조력자였지만 난데없는 침입자로 인해 층마다 수십 개의 등이 밝혀진 터라 어둠은 존재하지 않았다.

'그래도 빈틈은 있기 마련.'

곽월이 가볍게 손을 흔들자 그의 손에서 흘러나온 장력이 주변을 밝히고 있던 등불을 슬그머니 흔들었다.

불꽃이 흔들리며 무수한 잔상이 남았다. 그 잔상 속에 몸을 숨긴 곽월은 순식간에 중앙 복도까지 이동을 하여 사층으로 올라갈 수 있었다.

'훗.'

곽월의 입가에 미소가 흘렀다.

그가 지나쳐 온 호위무사들의 수는 꽤 되었다. 원한다면 단숨에 제압을 할 수 있는 수준이었지만 목표를 확인하기 전까지 가급적 충돌은 피할 생각이었다.

하지만 삼층에서 사층을 지나 오층에 이르자 자신이 너무 쉽게 생각한 것은 아닌가 하는 의심이 들었다. 도극성이 상당한 인원을 유인해 냈음에도 위로 올라가면 올라갈수록 호위무사들의 숫자가 많아지고 있기 때문이었다.

'열다섯이군.'

곽월이 마지막 층으로 올라가기 위해 잠재워야 하는 숫자였다. 무엇보다 육층에서 느껴지는 기감으로 보아 더 이상은 밀히 잠입할 단계는 끝난 것 같았다.

'속전속결.'

중앙계단을 통해 조심스레 모습을 드러낸 곽월의 손에서

한줄기 지풍이 쏟아져 나가 복도 끝의 창문을 뚫고 지나갔다.
"웬 놈이냐?"
긴장된 표정으로 경계를 서고 있던 호위무사들의 시선이 일제히 창문을 향해 움직였다.
행동이 빠른 자는 소리가 나는 것과 동시에 창문까지 내달려 주변을 면밀히 살폈다.
그사이 그들의 뒤로 따라붙은 곽월이 맨 후미의 사내의 목줄을 틀어쥐었다.
틀어쥐었다 싶은 순간, 사내는 목이 부러져 축 늘어졌다.
나머지 한 손도 놀고 있지는 않았다.
품을 뒤져 한 손 가득 뭔가를 움켜쥔 손이 움직였다.
취리리리릿.
날카로운 파공성.
다른 사람도 아니고 곽월이 뿌린 암기였다.
조그만 암기 하나하나가 그 어떤 살상무기보다 위력적으로 호위무사들의 목숨을 노렸다.
낯선 파공성에 고개를 돌리던 한 사내가 암기에 목줄기를 관통당해 그 자리에서 목숨을 잃었다. 눈을 잃은 자, 가슴을 부여잡고 비틀거리는 자, 쇄골에 박힌 암기를 빼기 위해 바둥거리는 자 등 온갖 크고 작은 부상자들이 속출했다. 개중 뛰어난 무공을 지닌 자는 재빠른 임기응변으로 위기를 넘겼으나 다소간의 부상은 면할 수가 없었다.

"적이……."

사내는 말을 잇지 못했다.

무려 오 장에 가까운 거리를 단 한 걸음으로 좁힌 곽월이 그의 목을 후려쳤기 때문이었다.

목이 부러진 사내는 외마디 비명도 지르지 못하고 쓰러졌다.

"마, 막아랏!"

오층의 경계를 책임지는 듯한 사내가 악을 쓰며 소리쳤지만 이미 살수를 쓰기 시작한 곽월의 움직임은 그들이 도저히 감당할 수준이 아니었다.

곽월은 눈 깜짝할 사이에 소리친 우두머리의 혼을 육신과 분리시켜 버렸다. 우두머리를 잃고 우왕좌왕하는 호위무사들 역시 죽음의 손길을 피할 길이 없었다. 위층의 소란을 듣고 아래쪽에서 달려오던 자들도 순식간에 목숨을 잃고 쓰러졌다.

촌각도 되지 않는 짧은 시간에 곽월의 주변엔 무려 이십여 구의 시신이 생겨났다.

"후우."

급격한 몸놀림 이후, 가볍게 숨 고르기를 한 곽월이 그런 소란에도 미동도 없는 위층을 올려다보며 아랫입술을 살짝 축였다. 부산을 떨지는 않더라도 최소한 아래층의 상황이 어떠한지 살펴볼 수도 있으련만 위층에선 아무런 반응이 없었다. 그것은 곧 아래층에서 어떤 일이 벌어지건 신경 쓰지 않아도 될 만큼의 실력자가 존재하거나, 아니면 상황을 정확히 예측하고 자신을 기다리거나 둘 중 하나였다. 물론 기다린다면 만반의 준비를 하고 있을 것이고.

곽월은 쉽게 움직이지 않았다.

목표를 눈앞에 두었을 때야말로 가장 신중을 기해야 할 때라는 것은 오랜 살수의 생활 속에서 자연스레 터득한 경험이었다.

두 눈을 지그시 감은 곽월이 칼끝보다 더욱 예리하게 벼려진 기감을 극대화시키며 위층의 상황을 살피기 시작했다.

처음엔 부유물처럼 흐릿하던 것이 시간이 흐를수록 점점 형상화를 이루며 명확해졌다.

'모두 열두 명. 하나같이 무시 못할 고수들이군. 그중 넷은 특히 조심해야 할 자들. 어쩐다.'

그냥 밀고 들어갈 수도 있었지만 자칫 잘못하면 혼전 중에 목표물이 도주를 할 수도 있었다.

잠시 생각에 잠기던 곽월의 눈에 발밑에서 나뒹굴고 있는 시신들이 들어왔다.

"대, 대체 이게 어찌 된 일이란 말인가?"

혜선이 두려운 기색을 감추지 못하고 물었다.

"또 다른 적이 숨어든 모양입니다. 하지만 너무 염려하지 마십시오, 련주님. 놈은 이곳까지 오르지 못합니다. 아니, 오른다 하더라도 련주님껜 조금의 위해도 가할 수 없을 것입니다."

밀단의 단주이자 하북께서 꽤나 명망있던 문파의 수제자였던 주영걸(朱英傑)이 서늘한 안광을 빛내며 말했다.

"커흑!"

주영걸의 말이 끝나기도 전에 날카로운 비명을 마지막으로 소란스러웠던 아래층이 잠잠해졌다.

"예사 적이 아니오. 자만하지 않는 것이 좋겠소."

혜선의 곁을 지키던 네 명의 사내 중 가장 좌측에 있던 한유(漢柔)가 말했다. 사십이 넘은 주영걸에 비해 나이는 어려 보였지만 그의 음성엔 감히 거역하기 힘든 위엄이 깃들어 있었다.

"아, 알겠소이다."

엉거주춤 대답한 주영걸이 육층으로 통하는 오직 한 길. 중앙통로를 지키는 수하들의 곁으로 다가가며 말했다.

"누구든 상관없다. 움직이는 모든 것을 말살해라."

대답이 들려오기도 전에 하늘로 솟구치는 물체가 보였다.

"공격해랏!"

굳이 외치지 않아도 다들 본능적으로 손이 움직였다.

무수한 암기가 날아가고 서너 자루의 검이 물체를 갈가리 찢기 위해 달려들었다.

그것이 아래층을 지키던 동료의 시신이라는 것을 확인하는 데는 오랜 시간이 걸리지 않았다.

그것이 끝이 아니었다.

또 다른 물체, 그들 동료들의 시신이 연거푸 통로 위로 치솟고 있었다.

"놈이 잔꾀를 쓰고 있소. 절대 방심하지 마시오."

뒤쪽에서 들려오는 경고를 들으며 주영걸은 입술을 비틀었다. 그들과 비교해 아무리 무공이 떨어지기로서니 그래도 한 무리의 수장으로서 그 정도도 눈치채지 못할 바보는 아니었다.

"방심은 곧 죽음이다. 그 무엇도 통과시키지 마라."

주영걸의 마음이 반영된 것인지 시신을 난도질하는 수하들의 기세가 꽤나 광폭했다.

피가 튀고 잘게 부서진 살점이 난무하며 입에 담기도 민망한 참상이 중앙통로를 중심으로 펼쳐졌다.

그 모습을 눈 하나 깜짝하지 않고 바라보던 한유가 인상을 찌푸리며 말했다.

"놈이 느껴지나?"

한유의 곁에 있던 유강(柳强)이 고개를 흔들었다.

"아니. 조금 전까지만 해도 확실히 느껴졌는데 지금은 흔적도 없이 사라졌다."

"네가 놓칠 정도란 말이야?"

혜선의 배후를 지키고 있던 우임임(禹臨臨)이 믿을 수 없다는 듯 되물었다.

유난히 기감이 좋은 유강의 이목을 피할 수 있는 사람은 죽림에서도 손가락으로 꼽아야 할 정도였기 때문이었다.

"이 정도로 기척을 감출 수 있다니 보통 살수 놈이 아닌 모양이군. 재밌겠어."

우임임과 어깨를 나란히 하고 있던 하서완(河瑞翫)이 시퍼렇게 날이 선 칼날을 혓바닥으로 쓰윽 핥으며 진한 살소를 흘렸다.

"네 차례까지는 가지도 않아. 놈의 목은 내가 친다."

곽월이 자신의 이목을 벗어났다는 것에 자존심이 상했는지 유강의 안색이 살짝 굳어 있었다.

마치 그 말이 끝나기를 기다렸다는 듯 가만히 들려오는 음성이 있었다.

"내 목을 친다고? 그 말 기억하지. 누가 누구의 목을 칠지는 모르겠지만 말이야."

밑에서 들려오는 소리는 아니었다.

육층 전체를 웅웅거리며 들려오는 음성. 하나, 그 어디에서도 곽월의 존재는 느껴지지 않았다.

사람들이 음성의 근원을 찾아 온 정신을 집중하고 있을 때 난데없는 바람이 육층 전체를 휘감았다.

호위무사들은 그것이 살수의 도발은 아닐까 바싹 긴장을 하며 혜선을 중심으로 모였지만 그 바람은 육층 양쪽 끝 활짝 열린 창문으로 차가운 밤공기가 밀려들어 와 자연스레 일어난 현상일 뿐이었다. 다만 굳건히 닫혀 있던 창문이 언제 열렸는지는 의문이 아닐 수 없었다.

그제야 상황의 심각성을 깨달은 한유가 착 가라앉은 음성으로 말했다.

"놈은 벌써 이곳에 들어와 있는지 모른다. 아니, 십중팔구는 그럴 것이다."

"그런 기척은 전혀 없었잖아."

우임임이 고개를 흔들었다.

"유강이 놓칠 정도면 우리 중 누구도 놈의 움직임을 알아차릴 수 없다. 분명 어딘가에 은신해 있을 거다."

한유의 말이 끝나자마자 곽월의 음성이 들려왔다.

"제법 눈치가 있는 놈이군."

음성이 워낙 웅웅거리며 층 전체에 울리는 터라 도저히 그

위치를 알 수 없었다. 다만 유강만이 심각한 표정으로 곽월의 존재를 쫓고 있는 것이 뭔가 눈치를 챈 듯했다.

한유와 유강의 눈이 마주쳤다.

유강이 미세하게 고개를 끄덕였다. 조금만 더 시간을 벌어 달라는 의미였다.

"대체 웬 놈이냐? 무슨 목적을 가지고 이곳에 잠입한 것이냐?"

"살수가 움직이는 이유는 오직 하나다. 청부를 받았기 때문이지. 바로 천화대상련주의 목."

"누가 나의 목숨을 청부했다는 것이냐? 아니, 궁금하지도 않다. 다만 제안을 하나 하고 싶구나."

아무런 말도 들리지 않았지만 혜선은 말을 이어갔다.

"상대가 청부한 돈보다 정확히 열 배를 더 주겠다. 원한다면 스무 배도 상관없다."

자신을 죽이려는 살수와 흥정을 하는 혜선에게선 조금 전 두려움에 떨던 모습을 찾아볼 수가 없었다.

"스무 배라… 과연 돈이 많은 모양이야. 한데 미안해서 어쩌지? 청부를 물리기엔 위약금이 만만치가 않아서 말이야."

바로 그때였다.

지금껏 온 정신을 곽월의 행방을 찾는 것에 집중하고 있던 유강이 번개같이 소리쳤다.

"좌측 대각선 천장 위!"

'좌'라는 말이 끝나기도 전에 그쪽 방향으로 몸을 도약하던 하서완이 천장 위라는 말에 기다렸다는 듯 한 치의 오차도 없이 칼을 휘둘렀다.

천장이 갈라지며 묵직한 물체가 떨어져 내렸다.

공격을 성공시킨 하서완이 도약한 상태 그대로 두어 번의 칼질을 더했다.

동료들은 하서완의 칼이 스치기만 해도 치명적인 결과를 가져올 수 있는 급소만을 훑고 지나갔다는 것을 알기에 득의의 표정을 지었다.

그런데 정작 칼을 휘두르는 하서완의 표정이 괴기했다.

"놈이 아니다!"

본능적으로 몇 번의 칼질을 했지만 첫 번째 공격을 할 때부터 뭔가 이상하다고 여기던 하서완이 착지를 하기도 전에 소리쳤다.

순간, 한유 등의 얼굴이 하얗게 질렸다.

그들의 얼굴이 하얗게 질리는 것보다 더욱 빠르게 모습을 드러낸 곽월이 놀란 눈으로 바라보는 우임임의 왼쪽 눈에 손바닥보다 조금 더 긴 단도를 깊숙이 박아 넣고는 다른 한 손으론 혜선의 목줄기를 움켜쥐었다.

눈을 지나 뒤통수까지 관통한 단도에 우임임은 간신히 숨을 할딱였다.

"네 목은 내가 친다고 했지?"

우임임이 목숨을 잃기 전, 곽월이 조용히 중얼거리며 그의 눈에 박혔던 단도를 빼 목을 쳤다.

눈 깜짝할 사이에 혜선을 빼앗기고 동료를 잃은 한유 등이 끔찍한 살기를 뿌리며 곽월을 노려보았다. 그 살기가 어찌나 지독했던지 주영걸과 그의 수하들은 접근할 엄두도 내지 못했다.

"자, 이제 어쩔 생각이지?"

곽월이 우임임의 목을 날려 버린 단도를 혜선의 목에 가만히 들이대며 물었다.

얼굴은 분명히 웃고 있었으나 차갑게 가라앉은 눈동자에서는 아무런 감정도 느껴지지 않았고 무심한 음성 또한 소름이 끼칠 정도로 전율스러웠다.

"네놈은 누구냐?"

한유가 더없이 신중한 자세로 물었다.

"그러는 네놈은 누구지? 한낱 호위무사로 지낼 놈은 아닌 것 같은데. 죽… 림인가?"

곽월은 찰나지간이지만 흔들리는 한유의 눈빛을 놓치지 않았다.

"내 생각이 맞았군. 하긴, 너무 당연한 걸 물었나? 명색이 죽림의 이인자를 죽림이 보호하지 않는다는 것이 이상한 일인데 말이야."

곽월의 말에 한유는 물론이고 혜선까지도 두 눈을 부릅뜨며 놀라고 말았다.

눈앞의 살수가 단순한 청부를 받아 움직인 살수가 아니라 뭔가 커다란 목적을 가지고 방문한 적이라는 것을 비로소 깨달은 것이다.

그들의 궁금증을 풀어주기라도 하려는 듯 웃음기를 거둔 곽월이 입을 열었다.

"내 이름은 곽월. 네놈들이 농락하려 했던 초혼살루의 루주가 바로 나다."

혜선은 자신도 모르게 눈을 감고 말았다.

한유 등은 죽림과 초혼살루 사이에 어떤 악연이 있는지 정확히 알지 못했지만 혜선은 초혼살루가 죽림에 어떻게 당했는지 잘 알고 있었다. 꽤나 많은 수하들이 죽고 다쳤을 터. 원한을 품고 왔다면 살아날 가능성이 보이지 않았다.

혜선과는 다른 의미로 한유 등도 놀라고 있었다.

비록 죽림이라는 울타리 안에서 무림의 활동을 자제하고 있었지만 그들도 초혼살루의 루주, 천하제일살수라는 묵혈 곽월의 명성을 모르지 않았다.

유강은 비로소 자신의 이목으로 상대를 잡아내지 못한 것을 이해했다. 상대가 정말 천하제일살수 묵혈이라면 오히려 발견하는 것이 이상할 터였다.

"당신, 여기서 죽어줘야겠어."

곽월이 혜선의 목에 겨눈 단검을 살갗에 살짝 비비며 차갑게 웃었다.

"혀, 협상의 여지는 없겠지?"

혜선이 쥐어짜듯 말했다.

"불가. 아까 말했지. 위약금이 만만치 않다고."

"어, 얼마를 원하든 줄 용의가 있다."

혜선의 음성엔 삶에 대한 절박함이 묻어나 있었다.

"그 역시 불가. 삶에 대한 미련을 버리지 못한 모양인데 어쩔 수 없지. 불문율을 깨고 의뢰인에 대해 말해주지. 내게 당신의 목숨을 의뢰한 사람은 말이야."

곽월이 혜선의 귓가에 입을 가져가는 것과 동시에 혜선의 입이 쩍 벌어지고 동공이 크게 확장됐다. 목덜미를 겨누고 있던 단검이 연한 살갗을 뚫고 목을 관통해 버린 것이었다.

"황제야, 당신의 목숨을 거두라고 청부한 사람이. 이제 이해를 하겠지. 어째서 당신의 부탁을 들어줄 수 없는지 말이야. 사실, 들어줄 생각도 그다지 없었지만."

혜선은 곽월의 마지막 말을 듣지는 못했다. 그가 생전에 기억한 마지막 말은 황제라는 말뿐이었다.

"네, 네놈이 지금 무슨 짓을!"

곽월이 그토록 전격적으로 혜선을 해칠 줄은 꿈에도 상상하지 못한 한유가 입술을 덜덜 떨며 소리쳤다.

혜선이 누구던가?

죽림의 이인자라는 것을 떠나 림주가 목숨처럼 아끼는 의형제였다. 머리카락 하나만 상해도 목숨을 부지할 수 없을 정도인데 아예 숨이 끊어지고 말았으니 재앙도 이런 재앙이 없었다. 살아서 지옥을 보지 않기 위해선 스스로 목숨을 끊는 길밖에 없었다.

"그전에 네놈만큼은 반드시 죽인다."

한유가 살기를 폭발시키며 곽월을 향해 달려들었다.

유강과 하서완 역시 한유와 다를 바 없었다.

그들은 곽월을 죽이고 죄를 청하며 스스로의 목숨을 끊는 것만이 편안한 죽음과 가족의 목숨을 살릴 수 있는 유일한 길이라는 것을 모르지 않았다.

흥분하여 마구잡이로 덤벼드는 것 같아도 잘 맞아 들어가는 톱니바퀴처럼 정교하고 빈틈없는 공격에 곽월은 감탄을 금치 못했다. 어쩌면 기습적인 공격으로 우임임의 목숨을 끊고 혜선을 제거한 것이 다행일 수도 있었다. 만약 삼 인이 아니라 우임임까지 가세한 사 인의 합공이 되었다면 생각보다 곤란한 지경에 이를 수도 있었을 터. 물론 그렇다고 목숨을 걱정할 정도로 큰 위험에 빠지지는 않겠지만 그 틈을 이용하여 혜선은 틀림없이 도주를 했을 것이란 생각이 들었기 때문이었다.

"어쨌건 목표는 제거했으니 이제 부담없이 즐기는 일만 남은 것이군."

곽월이 씨익 웃으며 양손을 활짝 펴자 양손이 백옥같이 변하기 시작했다.

한유 등은 그의 웃음에서 사신(死神)의 향기를 맡았다.

"으으으으."

폐부를 쇠로 긁는 듯한 신음을 흘리며 바닥을 나뒹구는 네 명의 사내를 보면서도 도극성의 눈빛에선 일말의 동정도 없었다.

"왜? 더 해보시지?"

비웃는 듯한 도극성의 음성엔 노기가 가득했다.

그들은 자신을 상대하기 위해 무려 서른 명에 가까운 자들의 목숨을 제물로 삼았다.

도망치려는 동료들까지 가차없이 베어버리면서, 그것이 얼마나 쓸데없는 짓인지도 모른 채 필요 이상의 피를 보게 만들었다.

"주, 죽여라."

싸움을 진두지휘했던 사내가 이를 악물며 소리쳤다.

"아니. 동료들의 목숨을 그토록 가볍게 여기는 놈들에게 자비를 베풀고 싶은 마음은 없다."

"동… 료? 웃기지 마. 저놈들 따위가 어찌 우리의 동료가 될 수 있단 말이냐?"

"함께 싸우면 그 순간 동료다. 소속 따위는 문제가 아니라고, 이 망할 놈들아."

도극성은 더 이상 대화를 나누는 것 자체가 의미없다는 듯 몸을 빙글 돌렸다.

"죽여! 죽이라니까!"

사내가 악을 쓰며 소리쳤지만 도극성의 발걸음을 되돌리지는 못했다.

곽월의 충고대로 도극성을 돕기 위해 전장에 뛰어들었던 옥청풍이 그의 뒤를 따르며 질렸다는 표정으로 고개를 흔들었다.

무수한 적에게 둘러싸여 공격을 당하면서도 도극성은 단 한 번도 위험에 빠지지 않았다. 오히려 포위 공격을 하는 자들이 전전긍긍 어찌할 바를 몰라 했다.

도극성은 마치 수백의 양 떼들 사이를 유유히 돌아다니며 사냥을 하는 호랑이와 같이 한 번의 포효, 움직임으로 적을 꼼짝 못하게 만들었다.

그나마 반항을 한 사람들이 바로 처참한 몰골로 쓰러져 있는 네 명의 사내였다.

처음 그들이 등장할 때만 해도, 네 명이 마치 한 몸이 된 것처럼 완벽한 합공을 구사할 때만 해도 옥청풍은 도극성이 위험에 빠지는 것은 아닌지 걱정을 했다. 그러나 도극성이 누구의 제자인지, 지금껏 어떤 위험한 전투를 치르며 운룡기협이라는 별호까지 얻게 되었는지를 떠올리면서 자신의 생각이 얼마나 어이없는 것인지를 깨달을 수 있었다.

잠시나마 그럴듯하게 대항하는 듯하던 합격진이 도극성이 내지른 단 한 번의 칼질에 산산조각이 나고 그들 모두는 다시는 회복하지 못할 정도로 큰 부상을 당하며 폐인이 되고 말았다.

단전이 모조리 박살나 평생 동안 쌓아 올렸던 내력이 먼지처럼 흩어져 버렸고 사지절맥도 모조리 끊어져 걷기는커녕 기지도 못하는 상태가 돼버렸다.

도극성은 그들의 목숨을 거두지 않고 그대로 방치했다. 어쩌면 그들에겐 가장 끔찍한 형벌이나 마찬가지였다.

퍽!

등 뒤로 둔탁한 소리가 들려왔다.

사내가 머리를 땅에 부딪쳐 스스로 목숨을 끊은 것이라는 것은 보지 않고도 알 수 있었다.

그나마 그는 다행이었다.

아직 정신을 잃지 않아 스스로 선택할 수 있는 길이 있었으니까. 정신을 잃고 있는 나머지 세 명에겐 너무도 끔찍한 현실이 남아 있었다.

도극성이 외부의 싸움을 끝내고 등천각으로 향할 즈음 안쪽에서도 곽월이 육중한 몸을 이끌고 다가오고 있었다.

"끝났냐?"

거의 동시에 묻는 질문.

도극성과 곽월이 서로를 바라보며 피식 웃음을 터뜨렸다.

"가자. 상황이 어찌 되었는지 살펴야지."

도극성이 말에 곽월이 고개를 끄덕였다.

"실수는 없을 거다. 실수하면 어찌 되는지 단단히 각오를 시켰으니까."

"어련하려고. 그나저나 옥 선배님."

"왜 그러나?"

"내일이면 난리가 날 텐데 완벽하게 수습을 할 자신은 있는 겁니까?"

"그건 걱정 말게. 황상의 힘이 아무리 약해졌다고는 하지만 그래도 황상이야. 죽림의 도발에도 지금껏 홀로 맞서신 분도 바로 그분이고. 모든 소란은 반나절이면 정리가 될 것이네."

"알겠습니다. 자, 가시지요."

    *   *   *

하남 최북단에 위치한 임호산(林虎山).

언제부터인지는 모르나 산 곳곳에 삐죽이 솟아 있는 봉우리와 기암들의 형상이 유난히 호랑이를 닮았다 하여 그리 불리게 되었다고 한다. 천하를 아우를 정도로 빼어난 절경을 자랑하는 것은 아니었지만 그래도 많은 사람들이 즐겨 찾을 정도의 풍취는 지니고 있었다.

그런 임호산 서북방 자락에 제법 규모가 큰 장원들이 들어선 것은 불과 몇 해 전의 일이었다. 여러 장원들 중 은자림(隱者林)이라 불리는 장원은 가장 윗자리에서 마치 수하들을 거느리는 장수처럼 뭇 장원들을 내려다보고 있었는데, 세간에는 북경 어느 황족의 여름 별장이라는 말들이 무성했지만 실상은 현 무림을 공포로 몰아넣고 있는 죽림의 총타였다.

"불성의 다비식을 핑계로 열린 군웅대회가 나름 성황리에 끝났다고 들었다. 놈들의 동태는 어떠하더냐. 뭔가 움직임이 있겠지?"

적에게 노출된 백가암을 버리고 은자림으로 돌아온 호연

백이 제갈현음에게 물었다.

하루에도 수십, 수백 건씩 올라오는 정보를 취합하고 적절한 대응책을 살피느라 눈코 뜰 새 없이 바쁜 나날을 보내고 있던 제갈현음이 다소 피곤한 기색으로 입을 열었다.

"천불각에서 열렸던 수뇌부들의 회의 결과에 대해선 철저하게 비밀이 유지되는 통에 아직 그 내용을 정확하게 파악하지는 못했습니다."

"놈들이 어찌 움직이리라 예측하느냐?"

"저들이 선택할 수 있는 폭이 넓지 않은 것은 분명한데 어찌 나올지는 솔직히 잘 모르겠습니다."

"그래도 생각한 바가 있을 것 아니더냐? 말해보거라."

잠시 머뭇거린 제갈현음이 짧은 숨을 내뱉고는 입을 열었다.

"지금 저들이 가장 위협적으로 느끼는 것은 사자철궁의 중원 입성입니다. 무슨 수를 동원해서라도 반드시 막으려고 할 것이고, 아직까지 혼란을 벗어나지 못하고 있는 암흑마교를 공격하기엔 지금만큼의 적기가 없습니다. 그 기회 또한 놓치려 하지 않을 것입니다. 문제는 힘의 집중이냐, 분산이냐는 선택입니다."

"집중? 분산?"

"그렇습니다. 사자철궁도 막아야 하고 암흑마교도 쳐야 합니다. 저들 입장에서 어느 하나 급하지 않은 것이 없습니다. 하지만 두 세력을 모두 공격하기엔 저들의 힘이 미약합니다."

"흠, 장강 이남이 무너지기는 했지만 저들이 지닌 힘이 그리 약하지는 않을 텐데."

호연백이 의혹을 제기했다.

"죽림이 모습을 드러내지 않고 있는 이상 최소한 절반의 힘은 함부로 움직이지 못합니다."

일리있는 말이었다. 보이지 않는 적을 막기란 더욱 힘든 법이었으니까.

고개를 끄덕인 호연백이 재차 물었다.

"하면 저들이 어떤 선택을 하리라 생각하느냐? 아니, 너라면 어떤 선택을 하겠느냐?"

제갈현음은 조금의 망설임도 없이 대답했다.

"저라면 사자철궁을 칩니다."

"사자철궁을? 어째서?"

호연백이 다소 의외라는 표정으로 되물었다.

"사자철궁과 죽림의 힘이 하나가 되는 순간, 저들에겐 곧 악몽이 시작되는 것과 마찬가지니까요. 지금이 암흑마교를 칠 적기이기는 해도 바꾸어 말하면 암흑마교 또한 내부 문제로 함부로 움직일 수가 없단 말과 상통합니다. 하여 우선적으로 동원할 수 있는 모든 힘을 이용해 사자철궁을 괴멸시킨 다음에 곧바로 암흑마교를 견제하는 것이 옳을 것입니다."

"그 반대는 어떠하냐? 사자철궁의 행보를 적당히 제어하면서 암흑마교를 우선적으로 치려 한다면?"

제갈현음이 고개를 흔들었다.

"사자철궁의 전력을 감안하면 불가능한 일입니다. 사자철궁엔 그들뿐만 아니라 그들을 굴복시킨 죽림의 힘이 함께합니다. 저들의 저력을 무시하는 것은 아니나 사자철궁의 행보를 저지할 정도로 많은 전력을 움직이고 암흑마교를 칠 힘까지는 지니지 못했습니다. 아니, 동원할 수 없다는 것이 옳겠군요. 바로 림주님이 건재하시기 때문입니다."

"꽤나 골치 아프겠군."

호연백이 유쾌하게 웃음을 터뜨렸다. 상대의 곤란함은 곧 아군의 유리함과 다르지 않기 때문이었다.

"그럼에도 불구하고 저들은 선택을 해야 할 것입니다. 저들의 성향과 암흑마교에 대한 뿌리깊은 원한을 감안하여 예측해 보건대 아마도 사자철궁을 최대한 견제하는 상황에서 그들이 동원할 수 있는 모든 전력으로 하여금 암흑마교를 치려 할 것 같습니다. 다만 그 정도의 힘으로 과연 암흑마교가 무너지겠느냐는 점에선 저도, 그리고 저들도 회의적으로 여길 것입니다. 림주님의 적절한 지원까지 더해진다면 단언컨대 불가능할 것입니다."

"만약 저들이 무리를 해서 어느 한곳에 힘을 집중한다고 가정을 했을 때 우리는 어찌해야 하느냐?"

"그 역시 선택의 문제이기는 하겠지만 저라면 암흑마교보다는 사자철궁을 중시해야 한다고 봅니다."

"어째서?"

"첫째는 원정을 떠난 사자철궁보다는 언제든지 물러설 곳이 있는, 또한 오랫동안 음지의 생활에 익숙해진 암흑마교가 보다 끈질긴 생명력을 가지고 버틸 것이란 생각 때문이고, 둘째는 북해빙궁이 곧 죽림에 굴복하고 남하한다는 가정을 했을 때 멀리 떨어져 있는 암흑마교보다는 사자철궁과 쉽게 힘을 합칠 수 있기 때문입니다."

"양쪽을 지원할 수도 있지 않겠느냐?"

"그 또한 불가능합니다."

호연백이 눈살을 찌푸리는 것으로 그 이유를 물었다.

"개방 때문입니다. 지금껏 죽림이 안전하게 힘을 축적할 수 있었던 것은 아무도 신경을 쓰지 않았기 때문입니다. 하지만 지금은 다릅니다. 대정련이 주시하고 있고 무엇보다 천하의 그 어떤 세력보다도 더욱 정확하고 치밀한 정보망을 지니고 있는 개방이 우리를 주시하고 있습니다. 세상천지 거지 없는 곳이 없습니다. 아무리 조심을 한다고 해도 비밀을 유지하기는 힘들 것입니다. 만일 우리의 움직임이 적에게 포착된다면 틀림없이 역습을 당할 것입니다. 해서 정면충돌을 각오하고 본격적으로 움직이는 것이 아니라면 최소한의 도움으로 그쳐야 할 것입니다. 그 또한 정체가 드러날 각오를 해야 할 것입니다."

"만약 지금 상황에서 정면으로 맞부딪친다면?"

호연백이 호기롭게 물었지만 제갈현음의 대답은 단호했다.

"저들의 힘이 분산이 된다고 해도 관부의 개입없이 순수한 힘 대결을 펼친다면 잘해야 양패구상입니다. 그동안 많은 세력을 은밀히 손에 넣었지만 천하와 싸우는 일입니다. 모래알처럼 흩어져 있을 때는 약할지 모르나 큰 적을 만나 함께 힘을 모으고 있는 지금의 저들은 거대한 산과 같습니다. 결코 단독으로 싸울 수는 없습니다. 운이 좋아 저들을 꺾는다고 해도 이쪽 역시 괴멸을 면키 힘들 터. 그런 상황에선 결코 무림을 지배할 수 없습니다. 다만 사자철궁과 북해빙궁의 힘이 온전히 합쳐만 진다면 결코 질 수 없는 싸움이 될 것입니다. 암흑마교까지 한 손 거든다면 금상첨화겠지요."

"결국 북해빙궁이 남하할 때까지는 그저 최대한 전력을 보전하며 버티는 것이 최상이라는 말이구나."

"그렇습니다."

"북해빙궁은 대체 언제쯤 우리 손에 들어온다고 하더냐? 봉명에게선 연락이 없더냐?"

호연백의 짜증 섞인 음성엔 금방이라도 손아귀에 들어올 것 같았던 북해빙궁을 좀처럼 굴복시키지 못하는 봉명에 대한 실망감이 깃들어 있었다.

"그것이… 조금 곤란한 상황에 처한 것 같습니다."

"곤란하다니?"

"아시다시피 북해빙궁은 본궁과 본궁을 지탱하는 삼대세력으로 이루어져 있습니다. 삼대세력은 이미 완벽하게 장악을 했으나 문제는 본궁입니다."

"본궁이 왜? 북해의 왕이라는 북리청(北里菁)은 이미 제거가 되었다고 하지 않았느냐?"

"예. 북리청은 제거가 되었지만 그의 두 딸과 말년에 얻은 아들을 아직 잡지 못했다고 합니다. 우리가 비록 본궁을 지탱하는 삼대세력을 손에 넣었다고는 하지만 각 세력에 속한 북해의 무사들까지 모조리 굴복시킨 것은 아닙니다. 결국 그들, 특히 후계자인 북리검(北里劍)을 제거하거나 수중에 넣지 못하면 북해빙궁을 움직일 수는 없습니다."

"힘으로 누르면 되지 않겠느냐?"

"불가능하다는 것은 림주님께서 더 잘 알고 계시지 않습니까?"

"그렇다고 언제까지 기다릴······."

호연백의 말은 이어지지 못했다. 갑작스레 문이 열리고 한 노인이 들어섰기 때문이었다.

그렇잖아도 심기가 불편했던 호연백은 말이 끊긴 것에 노기를 드러내려다 상대가 죽림의 호법사자이자 친우인 단혼마객(斷魂魔客) 이찬(李巑)임을 알고는 굳었던 표정을 풀었다.

단혼마객 이찬.

손을 쓰기 전에 세 번을 숙고하지만 한 번 손을 쓰면 상대의 목숨은 물론 혼까지 산산조각 내버린다는 전설적인 검객.

무공 자체는 정파에 뿌리를 두고 있었지만 그 파괴력이 너무도 끔찍하고 강렬하였기에 언제부터인가 그의 별호에 '마'라는 글귀가 따라붙었다.

이십 년 전부터 무림에서 모습을 감춘 오마 중 한 사람이 바로 그였다.

"자네가 무슨 일인가?"

심각한 표정으로 방으로 들어선 이찬은 대답 대신 슬쩍 몸을 비켜 세웠다. 그러자 그의 뒤로 다급한 표정을 한 중년인이 모습을 보였다.

"부군사가 어쩐 일로. 무슨 일이라도 생긴 것이오?"

제갈현음의 물음에 기무생(寄懋牲)이 울 듯한 표정으로 입을 열었다.

"급보입니다, 군사."

"급보라니? 대체 무슨 일이기에 그런 표정을 짓는단 말이오?"

기무생은 제갈현음과 마찬가지로 의혹 가득한 눈으로 자신을 바라보는 호연백과 두 눈이 마주치자 자리에 털썩 주저앉고 말았다.

"북경에서 연락이 왔는데… 연락이 왔는데……."

"어허, 답답하구나. 어서 말을 해보거라."

호연백이 언성을 높였다.

북경이라는 말에 가슴 한 켠이 섬뜩한 것이 지금껏 경험해 보지 못한 불안감이 엄습했다.

"처, 천화대상련주께서 지, 지난밤에 자객에게… 목… 숨을 잃으셨다고 합니다."

순간, 호연백의 두 눈이 찢어질 듯 부릅떠졌다.

"지금 뭐라 했느냐? 누가… 어찌 돼?"

대답을 기다리는 그 짧은 시간, 호연백은 온몸에 경련이 이는 듯 몸을 마구 떨었다.

"천화… 대상련주께서 지, 지난밤에 암살을……."

"……."

마치 시간이라도 멈춘 듯 일순간에 모든 사고와 행동이 정지되었다.

"자, 자세히 말해보게. 사부님께서 암살을 당하셨단 말인가? 대체 언제, 누구에게 말인가?"

제갈현음이 덜덜 떨리는 음성으로 물었다.

그 역시 꽤나 충격을 받았는지 태산이 무너진다고 해도 꿈쩍하지 않을 침착성은 사라지고 없었다.

"아직 정확한 것은 모릅니다. 다만 지난밤, 련주님께서 천화대상련을 급습한 자객에게 목숨을 잃으셨고 같은 시각, 그분이 수족처럼 부리던 병필태감, 금의위의 수장 등 조정의 핵심 인물 수십 명이 함께 목숨을 잃은 것으로 파악되었습니다."

"그들 역시 암살당한 것이냐?"

"그렇습니다."

"누구란 말인가? 대체 누가 그런 대담한 짓을 벌여? 다른 자들이야 그렇다 쳐도 사부님은 본 림의 고수들이 지키고 있었다."

"련주님을 지키던 호위무사들은 물론이고 군사께서 안배한 이들 역시 모조리 목숨을 잃은 것으로 압니다."

"그럴 수가!"

벌떡 일어났던 제갈현음이 힘없이 주저앉고 말았다.

"련주님을 비롯하여 수십 명이 넘는 고관대작이 하루아침에 목숨을 잃은 사건은 그야말로 천지가 개벽할 일이건만 보고에 따르면 북경은 평온함을 유지하고 있다고 합니다. 아울러 암살당한 이들을 대신하여 새로운 인물들이 그 자리를 꿰찼다고 하는데 유례없이 빠른 조치라는 의견입니다."

"하면 황제가 움직인 것이냐?"

가만히 듣고 있던 호연백이 물었다.

조금 전, 흐트러진 모습은 어느새 사라지고 차분한 어조였으나 그 음성 속에 깔린 분노와 슬픔은 숨길 수가 없었다.

기무생은 자신도 모르게 침을 꿀꺽 삼키고 말았다. 호연백과 혜선의 관계를 자신도 익히 아는 바, 그의 대답 여하에 따라 황제는 생과 사의 기로에 설 것이다. 다른 사람은 몰라도 호연백이라면 능히 그럴 힘과 실력이 있었다.

"확실하지는 않지만 분명 관련은 있을 것입니다. 공석이 된 동창의 수장에 옥청풍이라는 자를 임명한 것만 보더라도 알 수가 있습니다."

"옥… 청… 풍."

제갈현음이 맥이 탁 풀린 표정으로 신음을 내뱉었다. 비로소 모든 의혹의 장막이 걷혔다.

"옥청풍이라면……."

제갈현음의 반응을 금방 이해하지 못한 호연백이 미간을 찌푸리자 제갈현음이 머리를 감싸 쥐며 말했다.

"바로 그자입니다. 지난날, 백가암에 잠입을 했다가 무명신군의 도움을 받아 탈출에 성공한 자. 사부께서 동창에 골치 아픈 자가 있다고 하셨는데 그자와 동일인물 같습니다. 설마 하니 황제의 명만을 따른다는 동창의 인물이 강호를 떠들썩하게 만든 도적일 줄이야."

제갈현음의 탄식이 그의 안타까운 심정을 여실히 드러냈다.

"어쨌거나 그놈의 진실된 신분이 동창이라면 결국 황제가 움직였다고 보는 것이 맞지 않겠느냐?"

"틀림없을 것입니다. 하온데 혹 복수를 하실 생각이십니까?"

제갈현음이 다소 불안한 눈초리로 물었다.

"그래야 하지 않겠느냐? 피는 섞이지 않았지만 그는, 네 사부는 세상에 유일하게 나와 마음을 나눈 형제다. 아우의 마지막 길을 그리 허망하게 보낼 수는 없어."

호연백의 단호한 음성에 제갈현음은 입술을 꽉 깨물었다. 어릴 적부터 오갈 데 없는 형제를 거둬들이고 지금껏 키워온 부모와도 같은 존재. 심정이야 다르지 않았지만 대의를 생각한다면 그럴 수가 없었다.

"불가합니다."

"불가하다?"

호연백의 눈에 노기가 깃들었다.

"상대는 황제입니다."

"황제가 대수더냐?"

"그자는 대수가 아닐지 모르나 그가 거느리고 있는 병사들을 생각해 보십시오."

"……."

"저들의 암계에 쓰러진 자들의 대부분이 모두 정보와 군권을 장악하고 있던 인물들이고 이미 그 자리는 황제의 측근들로 채워졌습니다. 지금의 황제는 신하들의 동의없이는 한 명의 병사도 움직이지 못하던 허수아비 황제가 아닙니다. 단 한마디에 수십 만의 병력이 움직이는 그런 권력을 손에 쥔 황제입니다."

"백만대군이 에워싸고 있다고 해도 상관없다. 마음만 먹으면 놈의 숨통은 언제든지 끊어버릴 수 있다."

"만약 실패한다면 어찌 됩니까?"

"실패?"

호연백이 있을 수 없다는 표정으로 콧방귀를 뀌었다.

"백에 하나의 가능성으로 황제가 목숨을 부지했을 경우 뒤따라올 후폭풍은 감히 상상하기도 싫습니다. 천하의 모든 시선이 죽림을 쫓을 것이고 수십, 수백 만의 병사들이 창칼을 들고 공격해 올 것입니다. 죽림의 힘이 아무리 강해도 그 많은 병사들과는 싸울 수 없습니다. 게다가 황제 또한 나름대로 대비를 철저히 할 것입니다."

"그까짓 허수아비 놈들이야 문제가 되지 않는다."

"대정련과 연계가 확실하리라 여겨지는 옥청풍이 동창의 수장이 되었습니다. 또한 이번 일엔 어떤 식으로든 대정련이 개입되어 있을 것입니다. 대정련이 개입되면 황제를 제거하는 일이 생각보다는 쉽지 않습니다."

"음."

호연백의 표정이 어두워졌다. 충분히 일리가 있는 말이었다. 호각을 이루고 있는 상황에서 관군이라는 제삼의 세력은 그야말로 감당키 힘든 힘이었고 그 힘을 막기 위해서라도 대정련은 황제의 곁에 무수한 고수들을 배치시킬 터였다.

"하지만 이대로 황제를 방치하면 역으로 우리를 공격하지 않겠느냐?"

"그렇지는 않습니다."

"어째서?"

"비록 많은 인물들이 황제의 손에 쓰러졌다지만 아직도 조정이나 군부에 많은 사람들이 있습니다. 황제 또한 의식을 하고 있을 것이니 결코 함부로 움직일 수 없습니다. 무엇보다 아무리 방비를 한다고 해도 죽림의 힘은 막강한 것. 황제 역시 최악의 경우 암살을 당할지 모른다고 두려워할 것입니다."

"하면 어쩌자는 것이냐? 이대로 황제를 두고 보자는 말이더냐?"

호연백의 음성에 살짝 짜증이 묻어났다.

"절대로 아닙니다."

제갈현음이 단호히 고개를 흔들었다.

"다만 눈앞의 대업을 이루는 것이 먼저라는 생각입니다. 대정련만 사라지면 황제는 얼마든지 요리할 수 있습니다."

"황제도 앉아서 당하고만 있지는 않을 텐데?"

"핵심 인물들이 사라졌다지만 사부께서 조정을 장악하기 위해 들이신 시간과 돈의 위력은 아직도 충분합니다. 황제가 아무리 발악을 해도 그들 모두를 제거할 수는 없을 것입니다."

"그래. 그렇단 말이지."

호연백이 다소 허탈한 표정으로 고개를 끄덕였다.

"그래도 일단 경고를 할 필요는 있을 것 같습니다. 무림의 일에 함부로 나서지 말라고, 언제와 같이 중립을 지키라고 말이지요. 그래도 어떻게든지 나서겠지만 말이지요."

"알아서 하거라. 황제가 아무리 발악을 해도 놈의 목숨은 어차피 끊어질 것이다. 잠시 늦춘다고 해도 문제될 것은 없겠지. 그래도 너무 오래 기다리게 하지는 말거라. 노부는 물론이고 먼저 간 네 사부가 많이 서운해할 테니까 말이다."

"명심, 또 명심하겠습니다."

제갈현음이 바닥에 이마를 쿵 찧으며 각오를 다졌다.

그 모습에 호연백이 지그시 눈을 감았다. 치미는 분노를 마음속 깊은 곳에 차곡차곡 쌓으면서.

第六十八章

북해쌍화(北海雙花)

"아직도 소식이 없는 것이냐?"

수정처럼 투명한 의자, 눈보다 더욱 새하얀 백호피(白虎皮)에 깊숙이 몸을 기댄 중년인의 노호성에 의사청이 쩌렁쩌렁 울렸다.

"다들 벙어리가 된 건가? 어째 말이 없어!"

중년인의 음성에서 단순히 노기를 넘어 살기까지 느껴지자 그제야 허리를 편 사내가 입을 열었다.

"추격대로부터 연락이 왔으니 조만간 좋은 소식이 있을 것입니다."

"조만간, 조만간. 그놈의 소리 정말 지겨워 죽겠구나. 대체 언제까지 조만간이란 말만 내뱉을 셈이냐?"

"하, 하오나 황검단주(黃劍團主)로부터 꼬리를 잡았다는 전갈이 왔으니 이번엔 틀림없을 것입니다."

"그래? 흠, 마중(馬烝)이라면 믿을 만하기는 하지."

숨 쉴 때마다 허연 입김이 연기처럼 피어오를 정도로 싸늘한 의사청에서 땀을 뻘뻘 흘리며 대꾸하는 사내의 모습이 다소 안돼 보였는지 죽림의 북해빙궁 정벌 수장 봉명이 다소간 노기를 가라앉혔다. 무엇보다 사내가 언급한 마중은 그가 가장 아끼는 수하이자 친우로 그가 그런 전갈을 보내왔을 정도면 틀림없으리란 생각 때문이었다.

"언제쯤이면 결과를 알 수 있겠느냐?"

"그건……."

멈칫거리는 사내를 보며 다시금 화가 치솟는 것을 느낀 봉명이 고개를 홱 돌렸다.

"됐다. 그건 그렇고."

봉명의 시선이 그들의 대화완 전혀 무관한 표정으로 앉아 있는 세 명의 노인들에게 향했다.

북해빙궁을 떠받치는 삼대세력의 수장들. 패배자로서 봉명에게 굴복은 하고 있었으나 허리를 꼿꼿이 편 그들의 모습에서 비굴함은 느껴지지 않았다.

'쳇, 거만한 노인네들 같으니.'

봉명은 내심 이를 부득 갈았다. 성질 같아선 당장에라도 무릎을 꿇리고 머리를 조아리게 만들고 싶었지만 북해빙궁의 후계자를 깨끗하게 제거하지 못한 상황에서, 게다가 무인으로서의 자존심이 하늘을 찌르는 북해의 무사들을 수족으로 부리기 위해선 어쩔 수 없이 참을 수밖에 없었다.

"그래. 생각에는 변함이 없는 것이오?"

봉명의 질문에 삼대세력의 수장이라 할 수 있는 빙천현문(氷泉玄門)의 문주 추관숙(秋款淑)이 일고의 가치도 없다는 표정으로 고개를 흔들었다.

"물론이오."

봉명의 눈동자에서 살기가 뿜어져 나왔다.

"그대들은 물론이고 식솔들과 수하들의 목숨이 내 손아귀에 있다는 것을 자꾸 잊는 모양이오만."

추관숙이 냉랭히 대꾸했다.

"식솔들의 목숨 때문에 그대에게 굴복한 것은 사실이오만 거기까지요. 우리에게 명을 내릴 수 있는 분은 오직 북해빙궁의 주인뿐."

"이!"

"그것이 불만이면 지금 당장 승자로서의 권리를 행사해도 무방하오."

할 말을 다 했다는 듯 고개를 홱 돌려 버리는 추관숙을 보며 봉명은 온몸을 부들부들 떨었다. 전신에서 뿜어져 나오는 기세에 의사청이 요동을 치고 잡기들이 마구 굴러다녔지만 세 노인의 표정에선 그 어떤 변화도 일어나지 않았다.

"흥. 그렇게 당당하면 배반은 왜 한 것이오? 당신들이 죽어라 버텼으면 궁주 놈의 목숨도 살 수 있었을 것이고 결과적으로 북해빙궁이 우리의 손에 떨어지는 것도 조금은 늦출 수 있었을 텐데."

"비겁한 수작을 부리지 않았으면 그리되었을 것이오. 식솔들을 인질로 잡고 그것도 부족해 독이나 살포하는……."

"비겁?"

봉명의 눈에서 시퍼런 살기가 뿜어져 나오기 시작했다.

"뭐, 좋소. 어디 두고 봅시다. 소궁주라는 놈의 모가지를 밟고 있어도 이따위 태도를 할 수 있는지, 놈의 두 눈을 뽑고 사지를 하나씩 절단해도 쥐뿔도 없는 자존심을 내세우는지 두고 보잔 말이외다. 허세의 끝이 얼마나 비참한 것인지 반드시 보여주고 말겠소."

"위협이 통할……."

"닥치라고. 한마디만 더 하면 내가 어찌 변할지 나도 모르니까. 제발 닥치라고."

혈광이 넘실거리는 눈빛으로 추관숙을 노려보던 봉명이

납작 숙인 자세로 떨고 있는 사내에게 말했다.

"마중에게 전해라. 사흘이다, 사흘 내에 소궁주 놈을 잡아서 내 눈앞에 대령하지 못하면 돌아올 필요도 없이 그 자리에서 칼을 물고 죽어버리라고 말이야. 알아들었느냐?"

"예? 예. 알아들었습니다."

"뭐해? 알아들었으면 당장 꺼지지 않고."

봉명의 손짓에 사내는 엎드린 자세 그대로 기어 물러났다. 그 모습을 보는 세 노인의 눈가가 파르르 떨렸다. 어쩌면 북해빙궁 역사상 가장 치욕적인 순간이 닥칠 수도 있다는 위기감 때문이었다.

* * *

하늘이 뚫렸다는 표현이 맞을 정도로 쉬지 않고 내리는 폭설, 숨을 쉴 때 흘러나오는 입김마저 순식간에 얼려 버릴 정도로 매서운 추위와 스치기만 해도 살갗이 쩍쩍 갈라져 버릴 것만 같은 날카로운 바람이 폭풍처럼 휘몰아치는 차가운 대지.

짐승마저 숨을 죽이고 눈보라가 그치기를 기다리고 있었으나 언제부터인지 그런 악천후를 뚫고 달리는 사람들이 있었다.

다름 아닌 며칠 전, 북경의 밤을 핏빛으로 물들인 도극성 일행이었다.

그들은 새로 동창의 수장이 된 옥청풍의 배려로 군부에서 고르고 고른 날랜 말을 각 역참에서 지원받아 가며 쉬지 않고 달렸다. 휴식은 물론이고 잠마저도 마상에서 해결했다. 말을 바꿀 때마다 그토록 거칠고 날랜 말들이 무릎을 꿇고 머리를 땅바닥에 처박았다.

그렇게 열흘 밤낮을 달린 뒤에야 겨우 북해의 땅을 밟을 수 있었다.

마지막 말을 차가운 대지에 누인 뒤, 세찬 눈보라를 직접 뚫고 이동하는 지금, 한 자 가까이 쌓인 눈 때문에 다소 움직임이 둔해 보였지만 그마저도 일반 사람들이 본다면 기겁을 할 정도로 엄청난 속도로 움직이고 있었다.

"후욱! 후욱!"

그 옛날, 북해빙궁의 그늘에 숨어든 목표물을 찾아 해치웠다는 이유 하나만으로 앞서서 일행을 이끌던 풍인이 거친 숨을 내뱉으며 걸음을 멈췄다.

"무슨 일이냐?"

곽월이 바로 따라붙으며 물었다.

"다 온 것 같습니다."

"확실한 것이냐?"

"예. 이곳이 바로 냉열천(冷熱川)입니다."

풍인이 죽을 것 같은 얼굴로 손가락을 들어 눈으로 뒤덮인 침엽수림을 갈지자로 가르며 흐르고 있는 냇물을 가리켰다.

"허, 이 추위에 얼지 않는 냇물이라니."

도극성이 놀랍다는 듯 말하자 풍인이 쓴웃음을 지었다.

"그럴 리가요. 저기 왼쪽으로 휘돌아간 상류 쪽에서 온천물이 섞여서 그렇지 조금만 내려가면 돌로 내리쳐도 흠집 하나 나지 않을 정도로 얼어 있을 겁니다."

"한데 여기가 맞기는 맞는 겁니까?"

도극성의 물음에 영운설이 여우 가죽으로 만들어진 목도리를 풀며 고개를 끄덕였다.

"예. 그런 것 같군요."

대답에 약간 자신이 없는 것으로 보아 영운설도 확신하지는 못하는 듯했다.

"만나기로 한 분은 아직 안 오신 것 같습니다."

"예. 우리가 조금 빨리 온 것 같아요. 미시(未時)경에 만나기로 했는데 이제 오시(午時)가 되었으니까요."

"곧 오겠지요. 어쨌거나 잘되었습니다. 그렇잖아도 다들 너무 지친 것 같아서 걱정했는데 조금 쉬어야겠습니다."

도극성이 후미에서 오만상을 찌푸리고 있는 초혼살루의 살수들을 바라보며 말했다.

"예. 그러지요."

영운설의 말이 떨어지기가 무섭게 다들 아무렇게나 널브러지기 시작했다.

"이해해라. 녀석들도 만만치 않게 훈련을 받았는데 너무 강행군이었어."

곽월이 다소 민망한 표정으로 말했다.

"아무렴. 나도 죽을 지경이야."

도극성이 극한의 환경에서도 웅장한 자태를 뽐내고 있는 침엽수에 기대어 앉아 행낭을 뒤졌다.

"먹을래?"

도극성이 꺼내든 물체, 정확히 말하자면 돌덩이보다 더욱 딱딱하게 얼어버린 육포를 본 곽월이 고개를 흔들었다.

"됐다. 난 괜찮아."

"그래? 사실 나도 별생각은 없었다."

피식 웃음을 터뜨린 도극성이 꺼낸 육포를 휙 던지자 반대쪽 나무가 미세하게 흔들렸다. 순간, 도극성과 곽월의 눈동자가 동시에 굳어졌다. 육포 조각이 나무 기둥을 파고들었다는 이유 따위는 아니었다.

"들었지?"

"너도?"

도극성과 곽월이 동시에 고개를 끄덕였다.

비단 그들만이 아니었다.

눈 위에 가부좌를 틀고 앉아 있던 영운설이 눈을 떴고 삼혼의 호위를 받으며 휴식을 취하고 있던 장영도 벌떡 일어났다.

무슨 일인지 전혀 눈치를 채지는 못했지만 심각해지는 그들의 안색을 살핀 풍인과 몽암이 쉬고 있던 살수들을 정비했다.

"온다."

도극성의 한마디에 모두들 숨을 죽인 채 눈앞에서 펼쳐질 뭔가를 기다렸다.

잠시 후, 요란한 함성과 함께 한 무리의 사람들이 모습을 보였다. 그 수는 대략 삼십 정도. 앞서 달리는 다섯 명을 뒤의 사람들이 쫓는 형국이었다.

도극성이 재빨리 영운설에게 시선을 주었다.

"기다리는 사람입니까?"

영운설이 고개를 흔들고 도극성이 다시 고개를 돌렸다.

온몸을 피로 물들인 채 도주하던 이들은 냉열천을 눈앞에 두고 난감해하는 모습이 역력했다.

얼음으로 뒤덮여 있다면 모를까 냇물치고는 꽤나 폭이 넓은데다가 깊이 또한 만만치 않아 보이는 냉열천에 뛰어들기엔 부담을 느끼는 눈치였다.

결국 도주하던 이들이 몸을 빙글 돌렸다.

각자의 무기를 꼬나 쥔 몸에서 필사적인 항전의 결의가 피어올랐다.

"포로 따위는 필요없다. 모조리 죽여라."

눈보다 새하얀 은발에 낯빛도 너무나 창백해 일견 큰 병을 앓고 있는 환자로 보이는, 그럼에도 너무도 아름다운 여인의 일갈에 추격자들의 거센 공격이 시작됐다.

극명하게 대비되는 전력 차로 인해 싸움은 금방이라도 끝날 것 같았지만 생각보다 오래 지속됐다.

네 배가 넘는 인원에 포위 공격을 당하면서도 더 이상 물러날 곳이 없다는 절박함 때문인지 포위된 이들은 서로의 등을 동료에게 맡기며 필사적으로 무기를 휘둘렀다. 특히 그들을 이끄는 젊은 여인의 무공은 모두의 시선을 끌기에 충분했다.

"대단한데."

곽월이 감탄을 했다.

"그러게."

도극성이 고개를 끄덕였다.

곽월이 감탄을 금치 못할 정도로 그녀의 칼은 매서웠다.

여인이 사용하기엔 다소 버거워 보일 정도로 큰 칼을 휘두를 때마다 엄청난 풍압에 의해 주변에 내리던 눈발이 미친 듯이 흩날렸고 직접 칼에 맞지 않았음에도 공격하던 이들의 살이 쩍쩍 갈라지며 피가 솟구쳤다. 게다가 몸놀림이 어찌나 날

쌘지 그 누구도 그녀를 따라잡지 못했다.

그녀의 칼에 순식간에 세 명의 사내가 쓰러진 직후, 은발여인이 직접 나선 다음에야 비로소 그녀의 거침없던 움직임이 멈춰졌다.

"저 여인도 만만치 않군요."

영운설이 바람과 같이 표홀한 움직임을 보여주는 은발여인을 보며 탄성을 터뜨렸다.

대도를 휘두르는 여인도 그랬지만 적수공권(赤手空拳)으로 오히려 상대를 압박하는 은발여인이야말로 진정한 고수의 풍모가 느껴졌다.

대도에서 흘러나오는 살기, 풍압이 그녀가 휘돌린 소맷자락에 의해 흔적도 없이 사라지고 춤을 추듯 부드럽게 움직이는 발걸음엔 여유가 묻어 나왔다.

그녀가 움직일 때마다 새하얀 눈발이 환상적으로 흩날리며 그녀를 에워싸니 부드럽게 움직이는 은발과 더불어 신비감마저 자아냈다.

대도의 여인이 은발의 여인에게 잡혀 있는 사이 그녀를 보필하던 네 사내 중 둘이 쓰러졌다. 포로는 필요없다는 말을 증명이라도 하듯 전신이 난자당한 그들의 시신은 실로 처참한 모습이었다.

"언제까지 지켜만 볼 생각이지?"

장영이 짜증나는 표정으로 물었다.

"무슨……."

"이곳에서 저런 싸움을 할 자들은 죽림과 북해빙궁뿐이잖아."

"하지만 누가 적인지 확실하지가 않소."

도극성의 말에 장영이 코웃음을 쳤다.

"당연한 것 아냐? 듣기에 북해빙궁은 죽림에 의해 거의 쓰러진 상태. 죽림이라면 저렇게 쫓길 이유가 없지. 게다가 저 여인이 사용하는 도법엔 음한지기가 서려 있어."

"음… 한지기?"

"정확히 무슨 무공인지는 모르겠지만 빙공을 바탕으로 한 도법이야. 실력도 제법이고."

"군사께선 어찌 생각하십니까?"

도극성이 잔뜩 인상을 찌푸리고 있는 영운설에게 물었다.

"글쎄요. 칼끝에 어리는 음한지기를 볼 때 빙공을 바탕으로 한 도법은 틀림없어요. 하지만 저 여인의 무공도 어딘지……."

영운설이 은발여인을 바라보며 곤란한 표정을 지었다.

"답답하군. 내 판단이 틀릴지도 모르겠지만 일단 부딪쳐 봐야겠어. 잘못하다간 모조리 몰살을 당할 테니까."

그사이에 또 한 명이 목숨을 잃은 것을 확인한 장영이 다른 이들이 말릴 사이도 없이 몸을 날렸다.

폭이 거의 칠 장이 넘는 냉열천이었지만 장영에겐 그다지 큰 문제가 되지 않았다.

단숨에 냉열천을 뛰어넘은 장영이 때마침 결정적인 기회를 잡은 은발여인의 공격을 단숨에 무위로 돌리며 전장 한복판에 섰다.

장영이 싸움에 끼어드는 것과 동시에 대도를 지닌 여인을 제외하고 마지막까지 저항을 하던 사내의 가슴을 산산조각 내버린 여인, 장영에 의해 공격이 막힌 여인처럼 은발에 쌍둥이처럼 닮은 외모를 지녔지만 조금은 더 어려 보이는 여인이 득달같이 달려들었다.

장영은 뭐라 입을 열 사이도 없이 달려드는 여인을 보며 바삐 걸음을 옮겨야 했다. 가슴 어귀로 날아드는 장력이 생각보다 날카로운데다가 위력 또한 강력했기 때문이었다.

장영이 공격을 받자 그를 보호하기 위해 삼혼이 싸움에 끼어들고 삼혼을 막기 위해 잠시 숨을 고르고 있던 여인의 수하들이 모조리 전장으로 뛰어들자 상황은 다시금 난전으로 치닫기 시작했다.

준비없이 끼어들다가 순간적으로 수세에 처하기도 했지만 사황의 진전을 이은 장영의 실력은 은발여인의 무공을 압도하고도 남음이 있었다. 아니, 애당초 상대가 되질 않았다. 그가 마음만 먹는다면 두 여인은 물론이고 그의 수하들까지도 눈 깜짝할 사이에 쓰러뜨릴 정도였다.

게다가 그의 호위무사라 할 수 있는 삼혼의 실력 또한 은발여인이 감당할 수준이 아니었다. 수준 자체를 떠나 거의 금강불괴에 이른 사령혈강시를 상대할 수 있는 고수는 전 무림을 뒤져도 얼마 되지 않았다. 그나마 장영의 명으로 살수를 쓰지 않고 그저 수비적으로 막기만 했기에 망정이지 정상적인 싸움이었다면 이미 태반이 목숨을 잃고 바닥에 뒹굴었을 것이다.

그렇게 상황이 반전되었을 때였다.

난데없는 뿔피리 소리와 함께 동쪽 하늘 위로 오색 불빛이 솟구쳐 올랐다.

심한 눈보라를 뚫고 시야에 들어올 정도라면 꽤나 가까운 거리라는 것을 의미하는 것. 그 불빛을 본 은발여인의 시선이 참담하게 일그러졌다.

장영이 그 모습을 괴이하게 여길 즈음 장영과 삼혼의 도움으로 겨우 목숨을 부지하고 있던 대도의 여인이 냉소를 지으며 품을 뒤졌다.

"이제 끝났어."

그녀의 손에는 반 자 크기의 막대기 하나가 들려 있었다.

대경한 은발여인이 그녀를 공격하였지만 막대기는 어느새

하늘 높이 솟구치고 있었다.

펑!

매캐한 화약 연기를 남기며 솟구친 신호탄이 굉음과 함께 터지자 하늘이 오색 불빛으로 물들었다.

"너희들의 발악은 여기까지다."

피 묻은 얼굴로 차갑게 웃는 여인의 얼굴은 섬뜩하기까지 했다.

"뭐야? 쫓기는 것이 아니라 오히려 쫓는 것이었어?"

장영이 어이가 없다는 표정으로 물었다.

"덕분이다. 분명 주변에 있으리란 생각은 하고 있었지만 확신을 하지 못한 상황이었고 신호탄도 마지막 남은 것이라 함부로 사용할 수가 없었다. 한데 이제 제대로 연락이 되었다. 그에 대한 충분한 보상을 해주지. 물론 동료들이 올 때까지 지금처럼 나를 보호해 줘야겠지만."

"……."

너무도 당당한 여인의 모습에 일순 말을 잃었던 장영이 가볍게 숨을 내뱉고는 입을 열었다.

"보상이고 뭐고를 떠나 질문 하나만 하지."

장영의 시선이 대도여인뿐만 아니라 은발여인에게까지 번갈아 움직였다.

"누가 죽림이고, 누가 북해빙궁 사람이냐? 아니면 둘 다 아닌가?"

"그야……."

대도여인이 대답을 하려 할 때 은발여인의 손이 벼락같이 움직였다.

"대답은 됐진 다음에 들어봐라."

은발여인의 손끝에서 흘러나온 음한지기가 흩날리는 눈발마저 얼음 조각으로 변화시키며 장영을 노렸다.

"빙한천살장(氷寒天煞掌)."

누군가 깜짝 놀라 소리쳤다.

질문에 대한 답이 차가운 살수로 돌아오자 장영의 눈빛이 확 변했다.

동시에 그의 손에서 은발여인이 일으킨 기운과 흡사한 기운이 솟구치더니 코앞까지 들이닥친 빙한천살장과 정면으로 맞부딪쳤다.

조금 전까지의 공방에선 나름 손속에 인정을 둔 것이었지만 지금은 아니었다.

음한지기와 음한지기의 충돌.

단 한 번의 충돌로 결과는 확연하게 드러났다. 장영이 일으킨 현음한빙공의 기운이 은발여인의 빙한천살장을 단숨에 무(無)로 돌려 버리곤 오히려 심대한 타격을 주었다.

은발여인이 믿을 수 없다는 표정으로 물러나며 검붉은 피를 왈칵 쏟아냈다. 이어지는 공격이 있을 것을 두려워한 이들이 장영의 앞을 막아섰지만 장영은 아예 관심을 끊고 있었다.

"마저 대답을 해봐라."

장영의 서늘한 눈빛을 받은 대도여인이 머뭇거리며 대답을 하지 못했다.

"누가 죽림이냐?"

장영이 다시 물었다.

양측 어디에서도 대답은 나오지 않았다.

죽림에 악의를 지닌 것인지 선의를 지닌 것인지 도저히 파악이 되지 않았기 때문이었다.

"관두자. 어차피 금방 알게 될 것 같으니까."

장영이 대답 듣기를 포기하고 멀리 시선을 두었다. 그의 시선을 따라 돌아가는 고개들.

눈보라를 뚫고 접근하는 물체가 있었다.

처음엔 점처럼 작아 눈발 속에서 나타났다가 사라졌다가를 반복하다가 조금씩 모습을 드러내는 물체는 다름 아닌 백여 마리는 되어 보이는 설랑(雪狼)이었다.

설랑 뒤로 썰매가 보였다. 대략 삼십 대의 썰매에 두 명씩 탔으니 육십 안팎의 인원이었다.

설랑과 설랑이 끄는 썰매가 점점 가까워짐에 따라 은발여인과 그의 수하들의 표정은 시시각각으로 변하고 있었다. 처음엔 당황스러움, 분노의 감정이 크다가 썰매가 거의 도착할 즈음엔 거의 체념의 빛이 떠올랐다. 물론 체념 속에 피어나는 살의가 주변 공기를 싸늘하게 만들었지만.

"움직이지 마."

장영의 음성엔 썰매를 향해 움직이려던 대도여인의 발걸음을 굳게 만드는 힘이 있었다.

마침내 설랑이 도착하고 삼십 대의 썰매가 나란히 정렬을 했다.

한 사내가 천천히 걸어오기 시작했다.

사내의 몸에서 절대고수에게서나 느낄 수 있는 기세가 은연중 흘러나오고 있었다.

장영의 눈초리가 살짝 치켜 올라갔다.

사내도 장영의 기세를 느낀 것인지 목표라 할 수 있는 은발 여인을 코앞에 두고도 눈길조차 주지 않았다. 곧바로 장영에게 시선을 던진 사내가 물었다.

"너는 누구냐?"

"그러는 너는 누구냐?"

"허!"

설마하니 장영이 똑같이 되물을 줄은 몰랐다는 듯 사내의 입에서 어처구니없는 탄성이 흘러나왔다.

"죽림이냐?"

장영이 다시 물었다. 사내의 얼굴에 노기가 깃들었다.

"꽤나 버릇없는 놈이로구나."

"죽림이냐고 물었다."

"그렇다면?"

장영이 묘한 표정으로 사내를 바라보다 빙글 몸을 돌렸다.

"이거 실수를 했군. 미안하다."

갑작스레 돌변한 장영의 태도에 은발여인이 어처구니없다는 표정을 지었다. 난데없이 들이닥쳐서 일을 방해하더니 사과라니.

"네놈의 사과 따위는 받고 싶지 않다. 아무튼 네놈 덕에 끝장이 나게 생겼구나."

그렇잖아도 창백한 은발여인의 얼굴이 화를 내자 시선을 마주치기가 무서울 정도였다.

"아, 끝장을 낼 생각은 없다. 우리에게 협조만 잘해주면 그 어떤 해도 입히지 않을 것이니."

사내의 말에 은발여인이 입술을 꽉 깨물었다.

"나 북리연(北里淵). 하늘이 두 쪽이 나도 네놈들에게 협조할 마음은 없다."

"나 역시 마찬가지."

언니인 북리연과 함께 북해쌍화(北海雙花)로 불리는 북리화(北里華)가 차갑게 소리쳤다.

둘이 나란히 서자 어째서 그녀들이 북해쌍화라는 말을 듣게 되었는지 알 수 있었다.

금방이라도 질식하게 만들 것만 같은 팽팽한 긴장감, 살기가 넘나드는 전장의 분위기를 압도할 만큼 그녀들의 미모는 뛰어났다.

"흠흠. 다시 한 번 생각해 보라 권하고 싶구나."

추격자의 수장, 마중이 여전히 부드러운 음성으로 말했다.

"굳이 피를 볼 필요는 없지 않겠느냐? 자, 어디에 있느냐? 북해빙궁의 마지막 후계자 북리검은."

"헛소리하지 말고 덤비기나 해."

북리연이 전의를 불태우며 소리쳤다.

"예쁜 입에서 나오는 말치고는 꽤나 험하군. 이쪽에서도 나름 필사적이라고. 우리 두목께서 북리검을 잡아오지 못하면 돌아올 필요도 없이 그 자리에서 뒈지라는 무시무시한 전갈을 보내와서 말이지."

"그런 일은 결코 없을 것이다."

"설마하니 이 병력을 뚫고 도주할 수 있으리란 생각을 하는 것은 아니겠지?"

북리연이 입을 다물었다. 남아 있는 인원이라 봐야 대략 스물. 적은 세 배가 넘는 병력이었다. 아니, 굳이 병력 차이가 아니더라도 마중의 손아귀에서 벗어날 방법이 없다는 것은 지난 싸움에서 알 수 있었다.

'괴물 같은 인간.'

북리연은 북해빙궁에서 열 손가락 안에 드는 고수 셋이 그의 손에서 죽었다는 것을 상기하자 몸에 살짝 오한이 들었다.

한데 그 순간, 일이 엉뚱한 방향으로 흐르기 시작했다.

"도주를 해? 왜?"

또다시 갑자기 끼어든 사람은 장영이었다.

"무슨 수작이냐?"

북리화가 인상을 찌푸리며 말했다.

"다소간의 착오로 인해 실수는 있었지만 너희들이 북해빙궁의 사람들이 맞다면 아무런 걱정도 하지 말라는 뜻이다."

"……."

북리화가 침묵을 지키자 장영이 마증에게 몸을 돌리며 말했다.

"그리고 너희들이 죽림이라면 이 자리에서 죽을 것이고."

죽음을 예고하는 장영의 전신에서 혈광이 일기 시작했다. 그 기세가 어찌나 사이하던지 주변에 있던 북해빙궁 사람들이 기겁하며 물러날 정도였다.

'이 무슨.'

장영의 기세를 온몸으로 받아내는 마증의 얼굴 역시 딱딱하게 굳어 있었다.

도착할 때부터 장영의 강함을 느끼고 있었지만 설마하니 이 정도로 엄청날 줄은 생각지 못했다.

장영이 힘을 개방하는 순간부터 그에 반응하여 같이 기세를 뿜어대는 삼혼의 힘 또한 무시무시했다. 사이함으로 따지자면 오히려 장영보다 더하면 더했지 못하지 않았다.

그러나 놀라고 경계하는 마음을 품고는 있었지만 마중은 두려워하지 않았다. 그가 데리고 온 수하들은 그야말로 일당백. 장영과 삼혼이 아무리 막강한 무공을 지니고 있다 해도 자신과 수하들의 힘이라면 능히 상대할 수 있을 것이라 확신했다.

"스스로의 실력에 꽤나 자신이 있는 모양이군. 하지만 죽는 것은 누굴까? 네놈 혼자서는 불가능해. 물론 저들이 힘을 합친다고 해도 마찬가지지만."

마중은 북해빙궁의 무인들은 아예 전력으로도 취급을 하지 않는 듯한 모습을 보였다.

피식 웃은 장영이 말했다.

"혼자? 누가 그래, 내가 혼자라고?"

마중의 낯빛이 확 변했다.

"물론 혼자서도 충분하다. 하나, 본격적인 싸움이 남았는데 별일도 아닌 것에 힘 빼고 싶은 마음은 없다. 다른 사람들도 원하지 않을 것이고. 안 그래?"

장영의 말이 끝나기가 무섭게 큰 소음과 함께 잔잔하던 냉열천에 물보라가 일었다.

 전장에 있던 모든 이들의 시선이 일시에 냉열천으로 향하고 그들은 냉열천 중간에 떠 있는 나무 기둥을 박차고 뛰어오르는 사람들을 발견할 수 있었다.

 천천히 하류로 흘러가는 나무 기둥을 디딤돌 삼아 순식간에 냉열천을 건넌 자들의 숫자는 대략 이십여 명.

 숫자는 얼마 되지 않았지만 그들 개개인이 풍기는 기도가 속된 말로 장난이 아니었다.

 '특히 저들.'

 심각하게 변한 마중의 눈동자가 향한 곳은 어깨를 나란히 하고 걸어오는 도극성과 곽월, 그리고 그들 바로 뒤에서 조용히 따라오는 영운설을 향해 있었다.

 '고수다. 결코 두목에 못지않아.'

 오랫동안 봉명의 곁에서 그를 보필한 마중은 도극성 등의 실력을 단박에 알아보았다.

 '하나같이 고수 아닌 자들이 없구나.'

 마중은 피곤한 기색이 역력했음에도 하나같이 잘 벼린 칼처럼 날카로운 기파를 내뿜는 초혼살루의 살수들을 보며 상황이 생각보다 더욱 심각하다고 느끼기 시작했다.

 "북해빙궁의 사람들이 맞나요?"

영운설이 확인차 물었다.

북리연이 어색하게 고개를 끄덕이자 그녀가 빙그레 웃음을 지으며 말했다.

"너무 그렇게 경계하실 필요는 없어요. 우린 대정련에서 왔으니까요."

대정련이라는 말에 북리연의 안색이 처음으로 환해졌다.

중원과 까마득한 거리에 있고 무림과도 별다른 교류가 없는 북해빙궁이지만 대정련에 대해서 모르지 않았다. 더불어 얼마 전 대정련에 속한 사람들과의 접촉을 통해서 죽림과 대정련의 관계까지도 정확하게 알고 있었다.

"우리를 돕기 위해 온 것인가요?"

북리화가 반색을 하며 물었다.

"서로 돕자고 온 것이지요."

영운설이 밝게 웃으며 말했다.

그녀의 말이 곧 싸움의 시작을 알리는 신호와 같았다.

장영이 주체할 수 없을 정도로 솟구치는 살기를 뿌리며 마중을 향해 움직였다. 장영이 움직이자 삼혼 역시 적진으로 뛰어들어 무차별적인 살수를 뿌려댔다.

"여긴 우리에게 맡겨."

도극성이 한 걸음 움직이자 곽월이 그의 어깨를 잡아채며 말했다. 잠시 곽월을 바라보던 도극성이 고개를 끄덕이며 물러났다.

"저들만으로 괜찮을까요? 우리가 돕지 않아도……."

수적으로 불리하다고 여긴 북리연이 걱정스레 물었다.

"괜찮습니다. 오히려 걱정이라면 저 녀석을 상대하는 자들에게 필요한 것이지요."

"예?"

북리연이 이해를 하지 못하고 고개를 갸웃거리자 도극성이 엷은 웃음을 지으며 나직이 말했다.

"하필이면 이 먼 곳까지 와서 사신을 만나게 되었으니 말이지요. 그것도 둘씩이나."

여전히 이해를 하지 못하겠다는 표정의 북리연. 하지만 그녀와 북해빙궁의 사람들이 도극성의 말을 제대로 이해하는 데 걸린 시간은 채 일각을 넘지 않았다.

第六十九章

확전(擴戰)

"아름답구나."

높은 언덕에 이르자 무명신군이 자신도 모르게 탄성을 내질렀다. 그의 손길을 따라 시선을 이동한 사람들 역시 난생처음 보는 장관에 감탄사를 연발했다.

실로 장관이었다.

눈에 보이는 모든 곳이 오색수실로 수를 놓은 듯 형형색색으로 빛나는 드넓은 벌판이었고 그 벌판의 끝은 하늘과 맞닿은 듯한 고봉(高峰)으로 둘러싸여 있었다.

아득히 먼 곳.

작열하는 태양 아래 흰 구름을 뚫고 솟아오른 만년설산(萬年雪山)이 보였다.

"저곳이 기련산(祁連山)이던가?"

무명신군이 좌측으로 고개를 돌리며 말했다.

"아마도 그럴 것입니다."

검존 순우관이 자신은 없다는 표정으로 말했다. 그 역시 말로만 들었지 직접 본 적은 없었기 때문이었다.

"언제고 한번은 와본다고는 했지만 이런 식으로 오게 될 줄은 미처 몰랐군."

무명신군이 씁쓸하게 웃었다.

"소문대로 과연 명산(名山)이요, 선산(仙山)입니다. 저런 신비로운 모습이라니……."

"흥, 지금이 한가롭게 명산 운운할 때냐? 상황을 직시해라."

강호포의 비웃음에 대자연이 주는 정취에 푹 빠져 있던 순우관의 얼굴이 확 구겨졌다.

"말이 심하군."

"심하다고? 우리가 처한 상황을 생각하고 그런 말을 해. 저런 떨거지들을 데리고 사자철궁을 상대해야 한다고. 그리고 그들을 굴복시킨 죽림까지도."

"……."

순우관이 살짝 입술을 비틀며 입을 다물자 기세를 올린 강호포가 몇 마디를 더 하려고 하였으나 지그시 그를 노려보는 무명신군의 눈초리에 나오려던 말을 얼른 집어넣었다.

"그렇게 나대지 않아도 앞으로 지겹도록 싸우게 될 테니까 서둘 것 없다. 놈들은 지금 어디까지 왔지?"

무명신군의 말에 한 걸음 뒤에서 가벼운 웃음으로 지켜보던 당온이 말했다.

"지난밤에 무위(武威)를 지났다고 했으니 해가 떨어지기 전에 모습을 드러낼 것 같습니다."

"그래? 흠, 그렇단 말이지."

가만히 기련산을 바라보던 무명신군이 갑자기 고개를 돌리며 말했다.

"누가 나와 가려느냐?"

무명신군의 말을 이해하지 못한 자들이 눈만 끔뻑이자 무명신군이 피식 웃음을 터뜨리며 말을 이었다.

"가볍게 인사 정도는 하고 와야 하지 않겠느냐?"

햇빛을 등진 무명신군의 웃음에 아무도 대꾸를 하지 못했다. 그저 멍한 눈으로 바라볼 뿐이었다.

두두두두두.

하늘 높이 치솟는 흙먼지, 천지를 뒤흔드는 굉음을 뚫고 모습을 드러낸 것은 사자철궁이 자랑하는 묵철기마대(墨鐵騎馬隊)였다.

중원무림엔 그다지 알려지지 않았지만 지나간 곳은 개미새끼 한 마리 남기지 않는다는 악명으로 자자한 묵철기마대는 세외무림에선 그야말로 악몽 그 자체로 기억되었다.

그런 묵철기마대를 필두로 마침내 사자철궁의 본대가 모습을 드러냈다.

숫자는 대략 칠백. 그들과 다소 이질적인 모습으로 함께 하고 있는 죽림의 세력까지 합치면 거의 천삼백에 이르는 엄청난 전력이었다.

"하앗! 하앗!"

십열종대로 질주하는 묵철기마대의 중심.

다른 말처럼 묵철로 만든 마갑(馬甲)을 썼지만 미끈하게 드러난 다리와 바람결에 휘날리는 갈기가 눈처럼 새하얀 백마가 있었다.

단단한 돌이라도 디디면 뚜렷한 족적이 남고 피와 같은 땀을 흘리며 하루에 천 리를 단숨에 달린다는 한혈마(汗血馬) 중에서도 최고로 손꼽는 한혈백마(汗血白馬)의 고삐를 쥐고 있는 사람은 세외의 절대자 사자철궁주 파미륵(巴迷勒)이었다.

"하하, 너무 서두르시는 것 아닙니까?"

같은 한혈백마를 타고 있었지만 마갑을 씌우지 않은 채 파미륵과 나란히 달리고 있는 중년인이 소리쳤다.

"하서주랑(河西走廊)의 끝이 보이니 어찌 서두르지 않을 수 있겠소?"

"그렇군요. 길긴 길었습니다."

중년인이 이해한다는 듯 고개를 끄덕였다.

"난주에 도착하면 중원은 코앞이오. 어찌할 생각이오, 감총령(總領)."

파미륵의 물음에 사자철궁을 손에 넣고 당당히 귀환하는 감천우가 당연한 것을 묻느냐는 듯 대답했다.

"일단은 술독과 한 몸이 되어 뒹굴어볼 생각입니다."

"뭐요? 하하하하! 언제 봐도 참으로 엉뚱한 사람이오, 그대는."

파미륵이 호탕하게 웃음을 터뜨렸다.

그런 파미륵의 모습을 보면서 감천우를 수행하며 대막 정벌에 혁혁한 공을 세운 자검단(紫劍團) 단주 사우영(史雨影)이 감탄을 금치 못했다.

'역시 대단하신 분이야.'

처음 감천우가 총령의 자격으로서 자검, 백검(白劍), 청검(靑劍), 묵검단(墨劍團)을 이끌고 사자철궁을 향했을 때만 해도 그는 과연 몇 명이나 살아남을 것인지, 또 계획했던 성과를 제대로 이루어낼 수 있을지 걱정을 했었다.

하지만 그건 기우에 불과했다.

감천우는 완벽한 위장과 기만술, 그리고 적절한 역습으로 한 달도 되지 않는 짧은 시간 동안 최소한의 피해만으로 사자철궁을 접수했다.

그토록 막강하다던 묵철기마대를 제대로 활용해 보지도 못하고 심지어 감천우와 일대일의 대결에서까지 완벽하게 패한 파미륵은 분노보다는 오히려 감천우의 뛰어난 지력과 무력에 탄복을 했다.

감천우는 패배를 자인하는 파미륵과 사자철궁의 고수들을 힘이 아니라 관용과 넓은 아량으로 존중하며 패자가 아닌 동등한 지위를 지닌 동맹자로서 대우를 해주었다.

그것이 지금과 같은 절대적인 지지로 돌아왔다.

힘에 억눌려 어쩔 수 없이 끌려온 사자철궁이 아닌, 스스로 굴복하고 나아가 동맹자로 함께 무림 정벌에 나선 사자철궁의 힘은 그야말로 하늘과 땅 차이가 아닐 수 없었다.

'누가 뭐라 해도 죽림의 후계자는 바로 이분이다.'

사우영은 물론이고 감천우를 따라 움직인 나머지 단주들 역시 같은 생각이었다. 그들은 진심으로 감천우를 존경하고 목숨을 다해 충성을 하기로 이미 함께 결의를 한 터였다.

사우영이 다시 한 번 각오를 다지며 고삐를 잡은 손에 힘을 가할 때였다.

히히히히힝!

거침없이 질주하던 말들이 일제히 투레질을 하며 앞발을 들어올렸다.

선두에서 무리를 이끌던 한혈백마는 물론이고 온갖 전투로 단련된 묵철기마대의 용마(龍馬)들까지 미친 듯이 날뛰니 뒤에 따라오던 말들이야 말할 필요가 없었다.

"워워워."

땀을 뻘뻘 흘리며 미친 듯이 날뛰던 애마를 겨우 달랜 파미륵이 이해할 수 없다는 표정으로 고개를 흔들었다.

"이 무슨 난리란 말인가."

묵철기마대에서만 대여섯이 낙마를 했고 전체적으로 따지자면 백 명 가까운 인원이 낙마를 했다. 개중에는 심각한 부상을 당하고 심지어 목숨을 잃은 이들도 보였다.

"말을 탓할 것은 아닌 것 같습니다."

어느샌가 말에서 내려 고삐를 잡고 있던 감천우가 딱딱히 굳은 얼굴로 말했다.

"그게 무슨……."

파미륵의 질문은 이어지지 않았다. 그 역시 감천우가 말하고자 하는 바를 알아차렸기 때문이었다.

"이 기운 때문에 그랬군."

"아무래도 우리보단 이 녀석들의 감각이 발달했으니까요."

감천우가 고개를 끄덕였다.

"한데 대체 누가 이런 기세를 뿜어낼 수 있단 말인가."

파미륵은 눈에 보이지도 않는 곳에서부터 밀려오는 엄청난 기운에 몸을 떨었다.

"이제 곧 알게 되겠지요."

감천우의 말이 끝나기도 전에 왼쪽에 순우관과 오른쪽에 강호포를 대동한 무명신군이 모습을 드러냈다.

무명신군은 허벅지까지 올라오는 풀을 한쪽 손으로 쓰윽 훑으며 걸어왔다.

산보라도 나온 듯 걸음걸이는 느렸고 힘을 뺀 몸에선 여유가 넘쳐흘렀으나 정작 그를 바라보는 감천우와 파미륵은 마치 태산이 걸어오는 듯한 압박감에 전율을 금치 못하고 있었다.

한 걸음, 한 걸음 내딛을 때마다 숨이 턱턱 막혔고 풀잎을 스치는 손길에 전신의 세포가 바짝 곤두섰다.

"아… 는 인물이오?"

파미륵이 말라 버린 입술을 혀로 축이며 물었다.

"아니요. 모르는 사람입니다."

감천우 역시 긴장감을 감추지 못한 음성이었다.

둘의 심정을 아는지 모르는지 무명신군과 순우관, 강호포가 그들과 십여 장 떨어진 곳까지 다가왔다.

"함부로 움직이지 마라."

뒤쪽에서 소란이 일자 파미륵이 조용히 명을 내렸다.

지금껏 그런 모습을 보지 못했던 수하들이 이상한 눈으로 바라보았지만 파미륵은 수하들의 시선 따위를 신경 쓸 겨를이 없었다.

수백 마리의 말을 일거에 멈추게 만들고 자신은 물론이고 감천우까지 두려움에 빠지게 만든 인물이 지척에 이르렀기 때문이었다.

"그, 그대는 누구시오?"

파미륵이 질문을 던졌다.

돌아오는 대답은 없었다.

조금 전, 그들을 압박하던 기세는 사라졌지만 그저 가만히 바라보는 행위만으로도 파미륵은 더욱 심한 위축감을 느끼고 있었다.

"네가 사자철궁의 궁주냐?"

파미륵을 가만히 살피던 무명신군이 물었다.

"그, 그렇소만."

파미륵이 고개를 끄덕였다.

사자철궁의 주인이 되고 지금껏 그 누구에게도 들어보지 못한 무례한 말투였음에도 이상하게 무례하다는 느낌을 받을

확전(擴戰)

수가 없었다.

"제법 실력이 있구나. 사자철궁의 주인이 될 자격이 있어. 그리고 네가 죽림을 이끌고 있겠구나."

무명신군의 시선이 감천우에게 향했다.

"감천우라 합니다. 그러는 노인장께선 무명신군이 아니신지요?"

"호~ 나를 아느냐?"

"신군께서 보시기엔 어떤지 모르나 무림에서 저를 놀라게 만들 실력자는 몇 되지 않습니다. 더불어 두려움에 떨게 만들 사람은 거의 없다고 해도 과언이 아니지요."

과연 무적팔위의 수장답게 감천우는 이미 여유를 되찾은 듯 입가에 미소까지 띠고 있었다.

그의 말에 무명신군의 등 뒤에서 한 걸음 떨어져 있던 강호포가 비웃음을 터뜨렸다.

"어린놈의 자만이 하늘을 찌르는구나."

감천우의 안색이 싸늘해졌다.

"그리 말하는 노인장은 누구시오?"

"노부는 강호포라 한다."

"무림오마 중 광마로 불리시는 분이구려. 하지만 그 이름은 나에게 위협이 되지 못하오."

"뭣이!"

강호포가 성급하게 나서려 하자 손을 들어 그의 움직임을 제지한 무명신군이 말했다.

"그만. 싸우려고 온 것이 아니다."

무명신군의 만류로 당장 손을 쓰지는 못해도 강호포의 화가 가라앉은 것은 아니었다.

"애송이, 기억해라. 네놈은 곧 노부의 발밑에서 목숨을 구걸하게 될 것이다."

"뭐, 가능하면 그리해 보시구려. 기대는 해보겠소이다."

일견 능글맞기까지 한 감천우의 대답에 강호포는 피가 나도록 입술을 꽉 깨물고 치밀어 오르는 노화를 필사적으로 억제했다.

"또 다른 분은 누구신지요?"

감천우가 강호포를 대하는 태도와는 전혀 달리 정중히 물었다.

"순우관이라 하네. 그저 화산 한 자락에 거하는 늙은이로 알면 되네."

"검존이셨군요. 명성은 익히 들어 알고 있습니다. 이렇게 만나뵙게 되어 영광입니다."

"허허, 허명일 뿐이네."

"언제고 가르침을 받고 싶었는데 이번이 좋은 기회가 될지 모르겠습니다."

"그럴 것 같군."

둘이 검을 섞으면 단순한 비무 따위가 아니라 생사를 결하는 사투가 될 것이었지만 그래도 기분이 좋은지 순우관의 입가에 부드러운 미소가 맴돌았다.

그것이 강호포의 기분을 더욱 나쁘게 만들었지만 무명신군의 말대로 싸우러 온 것이 아니기에 참을 수밖에 없었다.

'버르장머리없는 놈. 자근자근 밟아주마.'

그래도 강호포 정도 되는 실력자가 감천우의 전신에서 전해지는 힘을 느끼지 못할 리 없는 것. 겉으로 드러내는 것과는 달리 그 역시 내심 놀라고 있었다.

"세외무림의 두 하늘. 사자철궁이 죽림에 굴종하는 것이냐?"

무명신군이 방금 전의 위축된 모습을 털어내고 한 세력의 우두머리다운 행색을 회복한 파미특에게 물었다.

"굴종은 아니오."

"아니면 뭐냐, 이 꼴은?"

무명신군이 같잖다는 표정으로 파미특의 후미에 선 사자철궁 무인들을 바라보았다.

"본 궁은 죽림과의 대결에서 패했소. 하나, 저들은 우리를 인정해 주었고 동맹으로 인정을 해주었소."

"동맹군으로 참전을 했다 이 말이냐?"

"그렇소."

"말이 좋구나. 어차피 허울 좋은 말일 뿐이야. 그저 이용하기 좋게 치장하는 것뿐."

감천우가 얼른 나서며 말을 받았다.

"그렇지 않습니다. 설마하니 궁주께서 입에 발린 말과 진심을 구별하지 못하시겠습니까? 운이 좋아 일시적인 승리를 하기는 하였으나 사자철궁은 굴복시킬 수 있는 곳이 아닙니다."

"허~ 입에 기름칠을 하였구나. 네 세 치 혀의 능력이 놀랍다."

기분이 나쁠 만도 하지만 감천우는 오히려 미소를 지었다.

"칭찬으로 알겠습니다. 한데 이곳엔 어인 일이십니까?"

"이유는 네가 더 잘 알 것이 아니더냐?"

무명신군이 감천우의 눈을 빤히 바라봤다. 감천우도 피하지 않았다.

"막으시렵니까?"

"그러려고 온 것이다."

"쉽지 않을 텐데요?"

"쉽다고 생각하지는 않는다. 그렇다고 불가능하다고 생각하지도 않아. 노부의 말이 광오하다 생각하느냐?"

"그럴 리가요. 오직 한 사람. 어르신께선 충분히 그런 말씀을 하실 자격이 있지요."

한 치의 빈틈도 없이 정중히 대꾸하는 감천우를 보며 무명신군은 이번 싸움이 생각보다 훨씬 힘들 것임을 직감했다.

"다시 보자꾸나."

감천우와 파미륵, 그리고 뒤에 늘어선 죽림과 사자철궁의 무리들을 잠시 둘러보던 무명신군이 그 한마디를 남기고 빙글 몸을 돌렸다.

"기대하겠습니다."

감천우가 정중히 허리를 숙였다.

"암, 충분히 기대해도 좋을 것이다."

감천우를 보며 음침한 미소를 흘린 강호포가 순우관에 이어 무명신군의 뒤를 따랐다.

그들의 모습이 사라지자 파미륵이 참고 참은 숨을 탁 내뱉으며 고개를 절레절레 흔들었다.

"말로는 익히 들었지만 직접 만나고 보니 이건 뭐. 후~"

"수십 년간 무림의 정점에 있는 절대자니까요. 그나저나 오초령(烏鞘嶺)을 넘기가 쉽지 않겠습니다."

"그러게 말이오. 난주를 코앞에 두고 하필이면 저런 복병을 만나게 되다니."

"어쩌면 좋은 기회가 되겠지요. 죽림과 사자철궁의 힘을 온 천하에 알릴 좋은 기회 말입니다."

비교적 담담하게 말했으나 절대적인 확신이라기보다는 그렇게 되었으면 하는 바람이 조금 더 강했다. 그만큼 무명신군이라는 이름이 주는 압박감은 거대한 것이었다.

"어찌 보았느냐?"
"엄청난 전력이었습니다. 사자철궁이 어째서 세외의 하늘이라 일컬어지는지 이해를 했습니다. 게다가 그런 사자철궁을 굴복시킨 죽림의 힘이라면……."
상상도 하기 싫은지 순우관은 입을 다물고 말았다.
"정면 대결은 꿈도 꾸지 말아야겠습니다. 게다가 이런 평지에서 저런 기마대와 부딪치면 제대로 된 싸움도 못해보고 개죽음만 당할 것 같습니다."
감천우에게 보여주었던 당당함은 어디로 사라졌는지 강호포의 음성엔 상당히 힘이 빠져 있었다.
"멍청하긴. 정면으로 부딪칠 생각이었으면 화산이나 종남 등을 암흑마교 쪽으로 돌리는 일 따위는 하지 않았다. 목표는 그저 놈들의 발걸음을 최대한 지체시키는 것. 오직 그뿐이야."
"그것만으로도 목숨을 걸어야 할 것 같습니다."
"그렇겠지. 아, 그리고 행여나 말해두는데 감천우라는 녀석과 일대일로 싸울 생각은 하지 말거라."

무명신군의 말에 강호포가 펄쩍 뛰며 소리쳤다.
"지금 무슨 말씀을 하시는 겁니까? 설마하니 제가 놈에게 패할 것이라 생각하시는 겁니까?"
"진다."
너무도 짧고 단호한 한마디에 강호포의 몸이 그대로 굳어 버렸다.
"사자철궁을 손쉽게 굴복시켰다고 하길래 운이 좋다고 생각했는데 그게 아니야. 놈의 실력은 진짜다. 둘 다 상대가 안 돼."
"그렇게 느꼈습니다."
강호포와는 달리 순우관은 감천우의 실력을 순순히 인정했다.
"그렇다고 화산에 상대할 사람이 없는 것은 아닙니다. 운설이라면 아마 좋은 승부를 볼 수 있을 것입니다."
"누가 뭐라더냐? 쯧쯧, 쓸데없는 소리는 하지 말고 서두르거라. 적이 강한 만큼 철저하게 준비를 해야지."
순우관에게 편잔을 준 무명신군이 속도를 높였다. 눈으로 쫓기도 힘든 속도였지만 순우관은 손쉽게 뒤를 따라잡았다.
"애송이 놈."
뼈가 으스러지도록 주먹을 꽉 움켜쥐고 감천우가 있는 곳을 바라보던 강호포도 곧 몸을 돌렸다.

　　　　＊　　　＊　　　＊

 운섬의 움직임은 전광석화와 같았다.

 무수히 많은 적이 그를 공격하기 위해 달려들었지만 그에게 위협을 줄 수 있는 자는 거의 없었다.

 병장기 소리도 들리지 않았다.

 사문의 절기인 현천미리보(玄天迷離步)를 사용하는 운섬은 부드러우면서도 현란한 움직임으로 상대의 공격을 피했고, 빠르게 움직이면서도 적절하게 적의 약점을 파고들었다.

 운섬이 지나온 길 위로 순식간에 십여 구의 시신이 널브러졌다.

 무광의 주변은 그야말로 시산혈해로 변해 버린 지 오래였다.

 무상반야신공을 바탕으로 한 무상십팔각은 무기의 존재가치를 의심케 할 정도로 무시무시했다. 그의 발에 걸린 모든 무기가 산산조각이 나버렸고 스치기만 해도 살이 찢기고 뼈가 부러져 나갔다. 양손에서 뿜어져 나오는 대력금강수와 뇌음벽력장 또한 적을 초토화시켰다.

 '후~ 좀처럼 살기를 지우지 못하는구나.'

 기습에 성공하고 적이 포위망을 구축하기도 전에 동료들

과 몸을 뺀 운섬이 맨 후미에 남아 추격하는 적을 모조리 격살하는 무광을 보며 한숨을 내쉬었다.

처음보다는 많이 좋아졌지만 보고 있노라면 무광이 사용하는 무공이 과연 불문의 무공인지, 아니, 그가 과연 부처님을 모시는 소림의 승려인지 의심스러울 정도로 무공에 짙은 살기가 배어 있었고 손속 또한 잔인하기 그지없었다.

얼마 전까지만 해도 그는 목숨을 빼앗아야 할 적이라도 가능한 최대한의 배려를 아끼지 않았다. 그로 인해 곤란한 상황을 겪은 것도 몇 차례 될 정도였다.

하지만 한동안 무림을 충격에 몰아넣었던 불성의 죽음으로 그는 변했다.

불성의 죽음을 전해 들은 무광은 그 자리에서 피를 토하고 쓰러져 반나절 만에 깨어났다. 그리곤 사흘 밤낮 동안 독경(篤慶)을 하며 사문의 위대한 스승을 떠나보냈다.

그가 자리를 박차고 일어났을 때 호협하고 광명정대하던 과거의 모습은 사라졌고 이후 무광의 행보는 혈로(血路) 그 자체라 할 수 있었다.

운섬이 무광을 안타까운 눈으로 바라보고 있을 때 도산(道刪)이 헐레벌떡 뛰어왔다.

"좌측에서 지원군이 도착하고 있습니다, 사숙조님."

"얼마나 되느냐?"

"숫자는 많지 않은 것 같은데 그 안에 적혈부왕 태무룡이 있는 것으로 확인되고 있습니다."

"후미에선 천외독조가 접근하고 있습니다. 더 이상 머뭇거릴 수 없습니다."

여호량이 초조한 빛을 띠며 연신 주변을 살폈다.

운섬의 표정 또한 어두웠다.

여호량의 말대로 천외독조와 태무룡에게 꼬리를 잡히거나 포위되는 일이 벌어지면 그야말로 최악의 상황이 아닐 수 없었다. 일대일로야 어찌 버텨보기는 하겠지만 함께 하는 동료들의 목숨을 장담할 수가 없었다.

"지금 당장 예정된 곳으로 도주하십시오."

"하지만 무광 스님이……."

여호량이 걱정스런 표정으로 머뭇거리자 운섬이 다급히 말했다.

"서둘러야 합니다. 무광 스님은 제가 모시고 가도록 하지요. 어서요. 한시가 급합니다."

"알겠습니다."

"너희들도 어서 가거라."

운섬이 도산의 등을 밀었다.

"사숙조님을 두고 어찌 저희만 떠나라 하십니까?"

"괜찮다. 금방 따라갈 테니 걱정하지 말고 어서 가거라. 그

확전(擴戰) 139

것이 나를 도와주는 것이야."

여전히 머뭇거리는 도산을 두고 몸을 돌린 운섬이 조금씩 거리가 벌어지고 있는 무광을 구하기 위해 내달리기 시작했다.

"크악!"

갑자기 뒤에서 들려오는 비명에 깜짝 놀라 고개를 휙 돌린 무광의 눈에 운섬이 들어왔다.

"낙일검께서 어찌?"

"적혈부왕과 천외독조가 오고 있습니다."

"그들이요?"

무광의 눈이 묘하게 빛났다.

그것이 호승심, 나아가 암흑마교 수뇌들에 대한 복수심의 발로라는 것을 눈치챈 운섬이 안색을 굳히고 말했다.

"지금은 안 됩니다. 자칫 모두를 위험에 빠뜨릴 수 있습니다."

"좋은 기회일 수 있습니다."

"정말 그렇게 생각하십니까?"

운섬이 잔잔히 가라앉은 눈동자로 무광의 눈을 바라보았다. 어찌 된 일인지 무광은 운섬의 눈동자를 오랫동안 마주하지 못하고 고개를 떨구고 말았다.

"소승의 생각이 짧았습니다. 말씀을 따르겠습니다."

무광의 전신에서 투기가 사라지자 비로소 미소를 머금은 운섬이 그의 팔 소매를 잡았다.

"가시지요. 그렇게 서두르지 않으셔도 조만간 만날 수밖에 없는 사람들입니다."

"그렇… 겠지요."

가만히 고개를 끄덕인 무광이 운섬이 이끄는 대로 움직이기 시작했다. 물론 그 기회를 노려 접근하는 적에게까지 매서운 손을 거둔 것은 아니었다.

"어디냐? 어디로 도망간 것이냐?"

태무룡이 거대한 혈부를 땅에 찍으며 소리쳤다.

"한발 늦은 것 같습니다."

흑암단주 주인곤이 아무렇게나 시신이 널브러진 주변을 찡그린 얼굴로 살피며 대답했다.

"피해가 얼마인지 확인해라."

주인곤이 홍포에게 명했다.

"알겠습니다."

홍포가 물러나려 할 때 태무룡이 버럭 소리쳤다.

"지금 뒈진 놈들을 살필 때더냐? 놈들의 행방부터 추격해야지. 설마 아예 놓친 것은 아니겠지?"

홍포가 어쩔 줄을 몰라 하자 주인곤이 얼른 나섰다.
"흑암이대가 이미 쫓고 있습니다."
"가자. 이번만큼은 절대로 놓쳐서는 안 된다."
태무룡이 새로 흑암이대주가 된 임전(林電)의 얼굴을 기억하며 걸음을 옮길 즈음 뒤쪽에서 천외독조가 모습을 드러냈다.
"놈들은 어디로 갔나?"
"쫓고 있으니까 곧 알게 되겠지."
"또 놓치는 것 아닌가?"
벌써 다섯 번째의 기습이었다. 어찌나 빠르고 치밀한 기습인지 목표인 경덕진을 코앞에 두고 거의 육십에 이르는 전력을 잃었다. 이번만 해도 적의 어이없는 유인책에 빠져 애꿎은 수하들만 희생을 치렀다.
"어림없지. 대정련의 버러지들. 이번만큼은 지옥 끝까지 쫓아가서라도 반드시 끝장을 볼 것이야."
이를 북북 갈며 혈부를 움켜쥐는 적혈부왕의 손이 부르르 떨렸다.

"연락이 왔다고 들었다."
"예. 하지만 아직도 잘 모르겠습니다."
"뭐가 말이냐?"

도존 갈천수가 담사월이 막 읽고 내려놓은 서찰을 집으며 말했다.

"그때도 말씀드렸지만 이 상황을 좋아해야 하는지 말입니다."

담사월은 어처구니없다는 표정이었다.

"나쁠 것은 없다고 본다."

"그래도 이건 아니라고 봅니다. 얼마 전만 해도 서로 못 죽여서 안달이던 사람들이 동맹이라니요."

"배척당하지 않는 것만으로도 다행이 아니더냐?"

갈천수가 쓴웃음을 지으며 서찰을 내려놓았다.

처음, 수백을 헤아리는 정파의 무인들이 은밀히 경덕진을 향해 움직이고 있다는 소식을 접했을 때만 해도 얼마나 놀랐던가. 몇 차례의 실패를 만회하고자 암흑마교가 엄청난 전력을 동원한 상황에서 정파의 등장은 하늘이 무너지는 것과 같은 충격이었다.

한데 그들의 움직임이 경덕진을 치고자 함이 아니라 오히려 돕기 위함이라는 것을 알았을 때의 허탈감은 지금 생각해도 전신을 짜르르 울리게 만들 정도였다.

"내일 정오경에 도착을 한다고 하니 준비를 조금 해야 할 것 같습니다."

"아무래도 그래야겠지. 일시적인 동맹을 맺기는 했지만 서로에 대한 불신감과 적대감은 여전할 터. 아이들의 행동도 단속을 해야겠고."

"얘기는 해두었습니다. 그런데 사백이 넘는 인원입니다. 보급이 원활할지 모르겠습니다."

"나야 그쪽으로 아는 것이 없어서. 어떤가? 괜찮을 것 같은가?"

갈천수가 졸지에 경덕진의 살림살이를 책임지고 있던 호법 관절연(官浙沈)에게 물었다.

"다 무너져 내렸다고는 해도 명색이 사도천의 총타가 있던 곳입니다. 그 정도 인원에 문제가 발생하진 않을 겁니다."

"다행이군. 주인 된 입장에서 도와주러 온 사람들을 굶길 수는 없는 노릇이니 계속 신경을 써야 할 것이네."

"알겠습니다."

"아무튼 다행이다. 놈들이 도착하는 시간보다 적어도 반나절은 빠를 것 같구나."

"그렇긴 하지요."

담사월이 고개를 끄덕였다.

"아, 그리고 한 가지 더 의논드릴 일이 있습니다."

"의논? 무엇을 말이냐?"

살짝 상체를 숙인 담사월이 탁자 위에 흩어져 있는 여러 장의 서찰 중 하나를 집어들었다.

"읽어보시지요. 방금 전에 도착한 소식입니다."

갈천수는 담사월이 건넨 서찰을 빠르게 읽어 내려갔다.

"흠, 적지 않은 활약을 하고 있다고는 들었다만 여기 적힌 내용이 사실이라면 실로 대단한 활약이 아닐 수 없구나."

"수장이 그 명성 높은 소림맹룡과 낙일검입니다. 이전부터 우리를 지긋지긋하게 괴롭히던."

"그렇긴 하지. 우리가 이렇게 이곳을 차지하고 버틸 수 있었던 것도 어쩌면 그자들의 활약 때문일 수도 있다."

"도와야겠지요?"

"물론. 병력을 빼는 것이 조금 위험하기는 하지만 그들을 무사히 구한다면 그만한 전력도 없다. 내가 다녀오마."

"예? 어르신께서요?"

담사월이 깜짝 놀라 되물었다.

"아님 네가 가려고 하느냐? 너는 우리들의 수장이다. 수장은 함부로 움직이는 것이 아니야."

"하지만……."

"걱정하지 마라. 네가 천주의 자리에 오를 때까지는 함부로 몸 굴릴 생각은 없으니까."

갈천수가 걱정스런 표정을 짓는 담사월의 어깨를 가볍게 짚으며 미소를 지었다.

담사월은 그래도 안심이 되지 않는 듯 표정을 풀지 못했다.

어릴 적 아무것도 모르는 상황에서 암흑마교의 후계자가 된 그에게 가장 먼저 무공의 기초를 가르쳐 준, 사부 하후천이 불귀의 객이 된 지금 유일하게 믿고 의지할 수 있는 사람이 바로 갈천수였기 때문이었다.

*　　*　　*

 "어떻습니까?"
 갈천우는 비교적 차분한 어조로 물었으나 얼굴에 드러난 초조한 기색을 감추지는 못했다.
 "좋지 못하오. 생각보다 문제가 심각한 것 같소."
 "어느 정도입니까?"
 "삼분지 이 이상의 말이 제대로 움직이지 못하오. 무엇보다 심각한 것은 선두에 섰던 묵철기마대요. 대부분의 말이 주저앉고 말았소이다. 이래서야……."
 갈천우의 얼굴이 딱딱하게 굳었다.
 사자철궁의 병력이 칠백을 헤아렸으나 사실상 백 명의 묵철기마대의 전력이야말로 사자철궁의 핵심이라 할 수 있었다. 한데 칠 할이라면 묵철기마대가 사실상 와해되었다는 말과 다르지 않았다.
 "방법은 없는 것인지요?"

"본 궁주도 이런 경우는 처음이오. 대체 무엇 때문에 이런 일이 벌어진 것인지 모르겠소."

 "혹여 중독된 것은 아닙니까?"

 "감 총령이 아시다시피 묵철기마대가 소유한 말들은 보통 말이 아니오. 만약 풀에 독이 뿌려져 있었으면 본능적으로 눈치를 채고 먹지 않았을 것이오. 게다가 무명신군이 다녀간 이후부터는 더욱 철저하게 조사를 하였소. 중독된 것이 아니라 단정할 수는 없으나 솔직히 가능성은 희박하다고 생각하오. 우리 쪽에선 아무래도 중원의 기후가 대막과는 달라 적응을 하지 못하는 것은 아닌가 여기고 있소."

 파미륵의 말에 전혀 동의를 할 수는 없었지만 원인을 알지 못하는 상황에서 반박하기도 뭐했던 감천우는 일단 고개를 끄덕일 수밖에 없었다.

 "그것도 한 원인이 될 수 있겠지요. 어쨌든 이쪽에서도 조사를 하고 있으니 정확한 원인은 곧 알 수 있을 것입니다. 어쨌든 궁주께서도 상황이 더 이상 악화되지 않도록 조금만 더 힘써주십시오."

 "걱정 마시오. 지금은 저리 비실대고 있지만 하나같이 강인한 놈들이오. 벌써 기운을 차린 놈도 있다고 하니 곧 나아질 것이오."

 "그래야지요."

나름 여유로운 모습으로 대답을 하기는 했지만 감천우의 내심은 그렇지 못했다.

파미륵이 자리를 뜬 뒤, 감천우가 자검단주를 불렀다.

"사 단주."

"예, 소주."

"그놈의 소주는……."

자신을 소주라 부르지 말라고 말하기를 수십, 수백 번. 더 이상 입씨름하기도 지쳤는지 고개를 흔들곤 말을 돌렸다.

"적의 동태는 어떤가? 척후에게선 아무런 연락이 없었는가?"

"몇 번 소식이 오기는 했지만 별다른 사항은 없었습니다. 모모산(毛毛山) 동사면에 진을 친 이후, 아무런 움직임도 없는 것으로 보입니다."

"아무런 움직임도 없다고? 천만에. 저들은 틀림없이 움직였어."

"예?"

"자넨 우리가 타고 온 말들이 아무런 이유도 없이 저리 병들었다고 생각하나? 아니. 세상에 이유없는 일은 없다네. 파미륵은 중독된 것이 아니라고, 그저 기후가 맞지 않아 일시적으로 그런 것이라고 말은 하고 있지만 내 생각은 다르네. 무명신군. 분명 그가 움직인 것이야. 부원(夫源) 봉공께서 조사를 하고 계시다고 했지?"

"예."

"독에 일가견이 있는 분이니까 틀림없이 뭔가를 찾으실 수 있을 것이네."

"하오나 파미륵의 말대로 말에게 풀을 먹이기 전에 철저하게 검사하였습니다. 또한 적의 움직임은 찾아볼 수 없었습니다."

사우영의 말이 끝나기도 전에 천막을 비집고 들어오는 노인이 있었다.

"어르신."

감천우가 벌떡 일어났다.

"총령이 몸이 달았구나."

지금껏 그토록 초조해하는 모습을 본 적이 없던 노인이 빙그레 웃음 지었다.

"어르신!"

"허허, 알았다. 알았으니 그렇게 서둘지 말거라."

호연백의 명으로 감천우와 함께 움직인 죽림의 봉공 부원이 너털웃음을 지으며 자리에 앉았다.

"원인은 찾으셨습니까?"

"대충 찾은 듯하다."

"그게 무엇입니까?"

"독. 아니, 딱히 독이라고도 할 수는 없겠구나."
"예? 그게 무슨 말씀이십니까?"
"복수초(福壽草)라고 아느냐?"
"모릅니다."
"하면 설련화(雪蓮花)라고 하면 알겠느냐?"
"설련화라면 만년설산에서 자란다는 귀한 약재가 아닙니까?"
"그렇지."
"한데 왜 갑자기 설련화는······."
"작금의 사태가 벌어진 이유가 바로 설련화에 있기 때문이다."
"이해를 하지 못하겠습니다."

감천우가 곤혹스런 표정을 짓자 부원이 손에 들고 있던 풀을 흔들었다.

"지천에 깔려 있는 이 풀엔 교묘하게 하독(下毒)이 되어 있었다."

순간, 감천우가 입술을 꽉 깨물었다.
"역시 독이었군요."
"하오나 어르신, 설련화는 독이 아니지 않습니까?"
사우영의 질문에 부원이 코웃음을 쳤.
"설련화 자체는 독이 아니다. 물론 다소간의 독성이 있기는 해도 신경 쓸 정도는 아니다. 문제는 설련화에 혈영석균(血瓔石菌)이라는 못된 놈을 은밀히 섞어 뿌렸다는 데에 있다. 혈영석균의 독성과 독특한 향기가 설련화에 의해 대부분 소멸이 되었지만 이 풀에는 분명 혈영석균의 독성이 묻어 있었다. 다른 사람은 몰라도 내 눈까지 속일 수는 없었지."

부원은 스스로의 실력에 자부심을 느끼며 말을 이었다.

"너무 걱정하지는 말거라. 혈영석균의 독이 강력하기는 하지만 설련화에 의해 대부분 소멸된 터라 말이 죽거나 하지는 않을 게다. 다만 이삼 일간은 비루먹은 강아지 꼴을 면하기 힘들 것 같구나."

"해독할 방법은 없는 것입니까?"

"자연적으로 치유가 된다. 딱히 해독할 이유가 없지. 뭐, 방법도 없지만 말이다."

"젠장."

감천우는 부원의 앞임에도 불구하고 욕설을 내뱉고 말았다.

"문제는 그게 아니다."

지금껏 여유로운 모습을 보이던 부원의 입가에서 웃음이 사라졌다.

"설련화는 그렇다 쳐도 혈영석균은 오직 사천의 늪지에서만 채취되는 무시무시한 독균이야. 그리고 그것을 지금처럼 자유롭게 사용할 수 있는 사람, 아니, 단체라고 해야겠지. 그럴 능력을 지닌 곳은 오직 하나. 당가뿐이다."

"당… 가입니까?"

"그래. 사천당가. 그들만이 혈영석균을 이렇듯 광범위한 곳에 은밀히 하독을 할 수 있다."

"당가가 왔다는 말은 없었습니다."

말과 함께 감천우의 시선이 사우영에게 향했다. 사우영의 낯빛이 잿빛으로 물들었다.

"다, 당가에 대한 언급은 없었습니다."

"추궁할 필요 없다. 한두 명이 온 것도 아니고 떼지어 온 상황에서 감추고자 마음먹는다면 얼마든지 감출 수 있으니까. 중요한 것은 지금의 상황은 단지 시작에 불과하다는 것이다. 내가 최선을 다해 막기는 하겠지만 앞으로는 피 말리는 싸움을 해야 할 것이다. 이렇듯 지천에 널려 있는 풀은 물론이고 우리가 먹는 음식, 물에 대한 철저한 검사가 필요하다. 심지어 숨 쉴 때조차 긴장을 늦추어선 안 될 것이야. 한순간의 빈틈이 재앙으로 다가올 수 있다."

감천우는 감히 부인할 수가 없었다.

천하제일독.

뭇 무인들의 뇌리에 각인처럼 박힌 한마디.

당가의 독은 그만큼 위험했다.

"성공한 듯합니다. 적의 움직임이 멈췄다는군요."

순우관이 환한 얼굴로 입을 열었다.

"역시 당가의 용독술은 무섭군."

무명신군을 제외하곤 천하에 무서울 것이 없다던 강호포가 고개를 절레절레 흔들었다.

"운이 좋았을 뿐이오."

오 척 단구에 볼품없이 빼빼 마른 외양과는 다르게 어쩌면 천하에서 가장 상대하기 힘들다는 평가를 받고 있는 당가의 전대 가주 당온이 대수롭지 않다는 표정으로 말했다.

"효과는 얼마나 지속될 것 같으냐?"

무명신군의 물음에 당온이 뒤를 돌아보자 가주인 당곤욱을 대신해 조부를 보필하고자 따라온 당초성이 공손히 대답했다.

"애당초 혈영석균의 독성이 제대로 발휘가 되었다면 풀을 먹은 말은 한 시진도 되지 않아 죽어야 정상입니다만 설련화로 인해 대부분의 독성이 제거되는 바람에 길면 사흘, 짧으면 하루 만에도 정상으로 돌아올 수 있을 것입니다."

"흠, 생각보다 짧구나."

"그 정도가 최선이었습니다."

"그렇겠지. 독성을 억누르지 않았다면 저들이 미리 눈치를 챘을 테니. 어쨌거나 수고했구나. 첫 단추를 잘 꿰었어."

무명신군이 당초성을 바라보는 눈은 따뜻했다. 도극성과 호형호제한다는 사실을 떠나 당초성과 같은 인재를 곁에 두고 성장을 지켜본다는 것은 무명신군에게도 꽤나 흥미로운 일이기 때문이었다.

"당가에서 준비한 것이 몇 가지 더 있다고 들었다만."

강호포의 말에 당초성이 정중히 고개를 끄덕였다.

"예. 아직 준비한 혈영석균이 많이 남았습니다."

"저들이 바보가 아닌 이상 또다시 당하겠느냐?"

"풀은 물론이고 그들이 지나는 곳의 모든 물길과 웅덩이에 천련실로 희석한 혈영석균을 풀 생각입니다. 지난번과 같은 직접적인 효과는 없을지 몰라도 간접적인 효과는 분명 있을 것입니다."

"물길이나 웅덩이에 혈영석균을 풀면 엉뚱한 사람들이 피해를 보지 않겠느냐?"

순우관이 염려스런 표정으로 물었다.

"독성의 대부분이 제거된 혈영석균은 사람에게는 비교적 안전합니다. 물론 다소간의 불편함은 있겠지만 크게 문제가 되지는 않을 것입니다."

염려 말라는 당초성의 말에도 괜한 피해가 발생하지 않을까 하는 걱정에 순우관의 얼굴은 퍼지지 않았다. 보다 못한 당온이 가만히 거들었다.

"검존께선 너무 걱정하지 마시구려. 우리도 사람이 상할 정도로 무리해서 사용할 생각은 없으니까."

"천수독제(千手毒帝)께서 그리 말씀하시니 안심이 됩니다."

순우관이 한발 물러나자 무명신군이 좌중을 둘러보며 말했다.

"당가의 활약으로 다행히 시작은 좋았다. 하지만 이제부터는 저들도 만반의 준비를 할 터. 철저하게 준비하고 계획을 하지 않으면 그대로 밀릴 수도 있음을 기억해야 할 것이다."

"명심하겠습니다."

이구동성으로 대답했다.

"그리고……."

무명신군이 천천히 자리에서 일어나더니 당온의 곁에 앉은 당초성의 뒤로 걸어갔다. 그리고 그의 어깨를 가만히 짚으며 말했다.

"이후, 지금껏 논의한 모든 계획의 실행은 네가 맡아라."

"예? 그게 무슨 말씀이신지……."

갑작스런 무명신군의 말에 당초성의 눈이 화등잔만 해졌다.

"노부의 성격상 이렇게 무리지어 머리를 맞대고 떠들어대는 것을 좋아하지 않는다. 지금까지야 어쩔 수 없이 그리되었다만 이제부터는 네가 하여라."

"하지만 어르신."

"시끄럽다. 내가 하라면 하는 것이야. 다들 그렇게 알고 군소리하지 말고."

무명신군이 행여나 있을 불화를 염려해서인지 두 눈을 부라리며 소리쳤다. 하나, 그럴 필요는 없었다. 영운설을 통해 당초성의 능력을 전해 들은 순우관은 물론이고 강호포 또한 당초성의 능력과 실력을 인정하고 있었기 때문이었다.

'후~ 일났군.'

무명신군의 말을 꼼짝없이 따라야 하는 상황에 처한 당초성은 땅이 꺼져라 한숨을 내쉬었다. 중원무림의 운명을 결정지을지도 모르는 중요한 싸움을 직접 지휘하게 된 중압감은 상상을 초월하는 것이었다.

第七十章
배신자(背信者)

"두 분 누님께 말씀은 들었습니다. 북해빙궁이 여러분들께 큰 은혜를 입었습니다."

북해빙궁의 소궁주 북리검이 열다섯 나이에 어울리지 않는 진중한 모습으로 정중히 허리를 꺾었다.

"별말씀을요. 오히려 저희들의 착각으로 자칫 큰 실수를 할 뻔했습니다."

영운설의 대꾸에 좌측에 있던 장영의 입가가 살짝 비틀렸다.

"하온데 몸이……."

영운설이 걱정스런 눈빛으로 북리검을 바라보았다.

낯빛이 창백하고 연신 기침을 하는 것이 어딘지 큰 부상을 당한 것 같았다.

"빙궁을 탈출하는 과정에서 조금 다쳤습니다만 지금은 괜찮습니다."

북리검이 쓴웃음을 지었다.

"그랬군요."

영운설이 안타까운 표정을 짓자 북해빙궁 최후의 보루 만년곡(萬年谷)에서 북리검을 도와 반격을 준비하고 있던 북해빙궁 최고 장로 북리단(北里旦)이 얼른 말을 끊으며 나섰다.

"험험, 그러니까 대정련에서 우리를 돕고자 한단 말이오?"

낯선 자들의 방문에 곤혹스러운 표정이었으나 질문을 던지는 북리단의 태도나 음성은 정중했다. 그도 그럴 것이 두 공녀의 목숨을 구해주었을 뿐만 아니라 대정련이라면 중원무림에서도 으뜸가는 세력으로서 그들 말대로 어쩌면 북해빙궁에 닥친 위기에 큰 도움이 될 수도 있기 때문이었다.

"서로 돕고자 함이지요."

영운설이 정중히 대꾸했다.

"허허, 우리의 처지를 모르지 않지 않소? 지금의 우리는 대정련에 도움을 줄 수 없소."

"죽림의 목표는 북해빙궁의 병력을 중원무림으로 진출시

키는 것입니다. 북해빙궁이 제 모습을 찾는 것만으로도 대정련에겐 더할 수 없이 큰 도움이 됩니다."

"흠, 그럴 수도 있겠구려."

북리단이 고개를 끄덕이자 그의 곁에 앉아 있던 북리잠(北里岑)이 코웃음을 치며 입을 열었다.

"하지만 숫자가 너무 적은 것 아니오? 고작 스무 명 남짓한 인원으로 대체 어떻게 돕는다는 것이오?"

"당숙."

북리연이 당황하여 그의 팔을 잡았지만 북리잠은 아랑곳하지 않았다.

"가만있어 보거라. 짚고 넘어갈 것은 확실하게 짚고 넘어가야지. 그렇지 않소?"

"예, 말씀하시지요."

영운설은 북리잠이 무엇을 말하고자 하는지 알고 있었지만 내색하지 않았다.

"우리가 놈들에게 이런 굴욕을 당하고는 있지만 그렇다고 놈들의 전력을 폄하하고 싶지는 않소. 놈들이 지닌 전력은 실로 막강하오. 오백의 병력 중 일류라 부를 수 있는 고수가 최소 이백에 이르고 그들을 이끌고 있는 황검, 현검(玄劍), 숙검(熟劍), 적검단(赤劍團) 단주들의 무공은 본 궁의 장로들을 압도할 정도로 대단하오. 특히 수장인 총령 봉명의 무공은

배신자(背信者)

부끄러운 말이나 지금껏 접해보지 못한 대단한 것이었소. 게다가 봉공이라 불리는 귀신같은 아홉 늙은이들의 무공은……."

지난날 무척이나 혹독하게 당했는지 봉명 등을 언급하는 북리잠은 자신도 모르게 입술을 떨고 있었다.

북리단이 그런 북리잠을 바라보며 한숨을 내쉬었다.

"봉명이라는 자가 경천동지할 무공을 지니고 있다고는 해도 궁주님의 무공 또한 이 늙은이가 추측할 수 없을 정도로 대단한 것. 만약 궁주께서 와병중이시지 않았다면 상황은 분명 달라졌을 것이오. 그렇다고는 해도 아들 녀석의 말에 틀린 것은 없소. 솔직히 대정련의 도움이 반갑기는 해도 이 정도의 인원으로 과연 무엇을 할 수 있을지……."

북리단이 회의적인 표정으로 고개를 흔들자 북리연이 한 발 앞으로 나섰다.

"숫자는 적지만 한 가지는 확실해요."

북리연에게 모든 이들의 시선이 쏠리고 잠시 뜸을 들인 그녀는 다소 나른한 표정의 장영을 가리키며 말했다.

"황검단주가 제거되었어요. 그것도 제대로 반격도 해보지 못하고 온몸이 갈가리 찢겨서 말이지요."

"그, 그게 사실이냐?"

북리잠이 깜짝 놀라 되물었다.

"예, 당숙. 우리를 추격해 온 자가 바로 황검단주 마중 그 자였습니다. 그리고 그는 사도천의 천주께 목숨을 잃었습니다."

"허!"

곳곳에서 놀라움의 탄성이 터져 나왔다. 사신과도 같았던 마중이 목숨을 잃었다는 것도 놀라운 일이었지만 그의 목숨을 빼앗은 사람이 사도천의 천주라는 것에 더욱 놀라는 듯했다.

"다, 아, 아니, 그대가 사도천의 천주란 말이오?"

북리잠의 음성이 한결 정중해졌다.

장영이 어깨를 한 번 들썩이며 대답했다.

"그렇습니다."

"실례를 했소이다."

북리잠이 고개를 숙였다. 죽림에 의해 처참하게 무너졌다고는 하나 사도천은 과거 중원무림을 삼분하던 거대 세력. 그런 사도천의 수장이라면 북해빙궁의 궁주라도 결코 함부로 할 수 없는 인물이었다.

"괜찮습니다. 신경 쓰지 마십시오."

북해까지 와서 예의 운운하기 싫었던 장영은 별로 대수롭지 않다는 태도로 일관했다. 하지만 그가 사도천의 천주라고 밝혀진 덕분에 분위기는 한결 우호적으로 변해 있었다.

"뿐만 아니지요. 초혼살루의 루주께서도 오셨어요."

북리연이 거대한 몸집에 비해 다소 작은 의자에 불편해하고 있는 곽월을 가리키며 말했다.

"초, 초혼살루."

"처, 천하제일살!"

듣는 이들은 또다시 기겁할 듯 놀라고 말았다.

초혼살루의 공포는 중원무림을 떠나 세외에도 잘 알려져 있기 때문이었다.

사람들의 놀란 시선이 자신에게 쏠리자 곽월은 난처한 표정을 지으며 가볍게 고개를 숙였다.

"그리고 이분은……."

막 도극성을 소개하려던 북리연의 고운 아미가 살짝 찌푸려졌다. 대정련의 군사인 영운설, 초혼살루의 루주 곽월, 사도천의 천주 장영에 비해 딱히 뭐라 소개할 말이 없었다.

도극성이 얼른 나서 자신을 소개했다.

"도극성이라 합니다."

별다른 반응은 없었다. 중원무림에서야 도극성의 명성이 앞에 언급된 세 사람에 비해 절대 못하지 않겠지만 북해엔 아직 제대로 알려져 있지 않았다. 도극성의 이름을 듣고 놀란 사람은 오직 대정련에서 북해빙궁에 미리 파견을 해놓은 명안 소속 정보원뿐이었다.

사람들의 반응에 영운설과 곽월이 빙그레 웃음 짓고 장영은 도극성이 민망할 정도로 큭큭거리며 웃어댔다.

 분위기가 이상하게 흘러가는 듯하자 북리연이 주변을 환기시켰다.

 "비록 숫자는 얼마 되지 않지만 이분들이라면 본 궁에 큰 도움을 줄 수 있으리라 봅니다."

 "그럴 것 같군요. 결전의 날을 앞둔 지금 천군만마를 얻은 듯합니다."

 북리검의 말에 북리단과 북리잠을 비롯하여 모든 이들의 안색이 딱딱하게 굳어졌다.

 "소궁주, 말을 조심하는 것이 좋겠네."

 북리단이 황급히 말을 잘랐다. 비록 도움을 주기 위해 온 사람들이기는 해도 북해빙궁의 존망이 달린 계획은 아직 노출되어서는 안 되기 때문이었다.

 하지만 북리검의 생각은 다른 듯했다.

 "이 먼 곳까지 본 궁을 돕기 위해 오신 분들입니다. 비밀을 갖는다는 것은 좋지 못한 것 같군요."

 "소궁주의 말이 틀린 것은 아니네만 우리가 놈들에게 속수무책으로 당한 이유를 생각하면……."

 "이틀 후입니다. 시간을 두기엔 너무 짧은 듯해서 드리는 말씀입니다."

배신자(背信者) 165

"음."

입을 다문 북리단이 창백한 낯빛에 비해 더없이 맑은 눈빛을 지닌 북리검의 눈을 바라보다 북리연에게 고개를 돌렸다.

북리연은 말없이 고개를 끄덕였다.

북리단의 시선이 다시 북리잠에게 그리고 여러 수뇌들에게 향했다. 불안해하는 자들이 몇 있기는 해도 대체적으로 북리검의 의견에 동조하는 눈빛이었다.

결심을 굳힌 북리단이 신중한 모습으로 입을 열었다.

"변변한 대접도 하지 못하고 피곤도 풀리지 않은 상황에서 이런 말을 나누기엔 너무 이른 듯하지만 시간이 촉박하여 어쩔 수 없구려."

돌아가는 분위기가 뭔가 심상치 않다고 여긴 도극성 일행은 다들 숨을 죽이고 다음 말을 기다리고 있었다.

"이틀 후, 자정을 기해 총공격을 계획하고 있소."

"예? 총공격이라 하시면……."

"들은 그대로요. 북해빙궁을 탈환하기 위한 싸움이 있을 것이오."

"이 인원으로 가능… 하시겠습니까?"

도극성이 다소 회의적인 표정으로 물었다.

"우리뿐만이 아니오. 삼대세력이 지원을 할 것이오."

"삼대세력이요?"

"그렇소. 우리와 그들의 힘이 함께라면 승산이 있소."

"그들은 죽림에 굴복하지 않았습니까?"

"그렇지 않소. 겉으론 그렇게 보일 수도 있으나 그들은 우리를 기다리며 기회를 엿보는 중이오."

북리단의 말에 장영이 어림도 없다는 표정을 지었다.

"말이 안 됩니다. 애초에 삼대세력인가 뭔가 하는 자들이 배반만 하지 않았어도 이런 결과가 나오지 않았을 것 아닙니까?"

북리연이 미간을 찌푸린 북리단을 대신해 입을 열었다.

"식솔들을 비롯하여 핵심 수뇌들이 모조리 독에 당한 상황이라 어쩔 수가 없었어요."

"핑계 없는 무덤은 없는 법이오. 중독이 되어 모든 힘을 잃고 당장 목숨이 위태롭다고 하더라도 그들은 비겁하게 목숨을 구걸하는 대신 죽을힘을 다해 싸웠어야 했소."

북리연이 뭐라 대꾸하기도 전에 장영이 코웃음을 치며 말을 이었다.

"고작 독에 당했다고 수백 년간을 따르던 주군을 버린다? 그리곤 다시 돕겠다? 참 쉬운 생각을 하는 인간들인 것 같소. 참으로 쉬워."

장영은 뭐가 그리 마음에 들지 않는지 좀처럼 화를 삭이지 못했다.

배신자(背信者) 167

"북해의 무인들을 함부로 매도하지 마세요."

장영을 매섭게 노려보는 북리연의 음성이 높아졌다.

"거기엔 사정이 있어요. 당시 삼대세력이 적의 계략에 빠진 것을 인지하신 아버님이 각 문파의 수장들에게 무의미한 저항을 하지 말라는 명을 내리셨어요. 수장들은 있을 수 없는 일이라며 거세게 반발했지만 결국엔 어떻게든 살아남아 후일을 도모해 달라는 아버님의 청을 뿌리치지 못했어요. 만약 아버님이 결사항전을 외치셨다면 그들은 틀림없이 명을 따랐을 것이고 지금의 굴욕도 당하지 않았을 거예요."

"수장들이 거세게 반발했다? 과연 그랬을까 궁금하구려."

장영은 여전히 냉소적이었다.

지난날, 사도천이 각 세력의 핵심 측근들의 배신으로 암흑마교에게 철저하게 무너졌다는 것을 알고 있기에 장영의 행동을 어느 정도는 이해하고 있었지만 영운설은 북리연을 비롯해 북해빙궁 사람들의 안색이 확 변하는 것을 확인하곤 재빨리 끼어들었다.

"어쨌거나 너무 서두르신다는 느낌이 드는군요. 삼대세력이 힘을 보탠다고는 하나 수뇌들과 식솔들이 억류되어 있는 것으로 알고 있어요. 결국 그들의 힘은 분명 제한적일 수밖에 없다는 말이지요. 어쩌면 그저 형식적인 공조로만 이어질 수도 있고요. 또한 죽림이 그것을 지켜만 보고 있을까요?"

"그렇기는 해도 더 이상 기다릴 시간이 없어요. 죽림의 포위망이 조금씩 좁혀져 오는 것도 그렇고 아직은 견디고 있다지만 삼대세력이 언제까지 버틸 수 있을지 모르겠어요. 죽림의 집요한 수작에 벌써 적지 않은 수가 저들에게 포섭되었어요."

영운설이 언급한 위험성을 충분히 인지하고 있는지 대답하는 북리연의 표정은 어두웠다. 그녀의 어깨를 가만히 어루만진 북리단이 입을 열었다.

"너무 부정적으로만 생각하지 마시구려. 한 가지 계획만 성공을 한다면 충분히 해볼 만한 싸움이라고 생각하오."

"계획이라니요? 그게 무엇입니까?"

도극성이 물었다.

"억류되어 있는 인질들이오. 본 궁 지하에 갇혀 있는 인질들을 무사히 구한다면 모르긴 몰라도 죽림과 제대로 붙어볼 수 있을 것이오."

"인질이라 하시면……."

도극성이 고개를 갸웃거렸다.

삼대세력의 수장들을 비롯하여 핵심 인물들과 그들의 식솔들이 억류되어 있는 것은 알고 있는 터. 하지만 왠지 그들을 가리키는 것 같지 않다는 느낌을 받았다.

북리단을 대신해 북리연이 설명을 했다.

"죽림이 제아무리 강한 힘을 지니고는 있다 해도 본 궁 역시 그에 못지않은 힘을 지니고 있어요. 그럼에도 불구하고 제대로 된 싸움도 해보지 못하고 놈들에게 패하고 만 것은 아시다시피 본 궁을 지탱하는 삼대세력이 적들의 암계에 빠져 전혀 움직이지 못했기 때문이기도 하지만 무엇보다 북해빙궁, 아니, 북해의 수호자들이라고 해도 과언이 아닌 백사풍(白死風)이 철저하게 무력화된 이유가 가장 커요."

"백사풍이라면······."

도극성을 비롯하여 모든 이들의 얼굴에 궁금함이 가득하자 북리연은 그 어느 때보다 자신감이 넘치는 어조로 설명을 했다.

"백사풍은 본 궁을 비롯하여 삼대세력 및 북해 인근의 모든 군소문파의 후기지수 중 각 문파의 후계를 이어야 하는 인물을 제외한 최고의 실력자를 차출하여 훈련시킨 무력집단이에요. 숫자는 비록 오십에 불과하지만 온갖 영약, 뛰어난 무공비급, 무공을 익히기 위한 최상의 환경 등 그들만을 위한 철저한 배려로 개개인의 실력은 상상을 불허할 정도로 뛰어나지요. 만약 그들이 죽림과의 싸움에서 제대로 활약을 해주었다면 상황은 결코 이런 식으로 흘러가진 않았을 거예요."

"한데 그런 힘을 지녔다면서 어째서 그토록 쉽게 무력화가 된 것입니까?"

"삼대세력과 같은 경우지요. 죽림이 본 궁을 급습하기 전, 이미 단 한 사람의 예외도 없이 중독이 되었어요."

"허, 그만한 실력자들이 한꺼번에 중독이 되었단 말입니까? 납득하기가 어렵군요."

도극성이 도저히 이해하지 못하겠다는 듯 고개를 내젓자 북리연은 난감한 표정으로 침묵했다.

"백사풍 내부에 배반자가 있었군요."

영운설이 가만히 물었다. 순간, 북리연은 물론이고 북해빙궁 사람들의 얼굴이 수치심으로 물들었다.

"예. 정확히 누가 배반했는지는 모르겠어요. 하지만 내부에 배반자가 있음은 틀림없어요. 그렇지 않고선 백사풍이 그렇듯 쉽게 쓰러질 수는 없지요."

"삼대세력도 내부의 배반자에게 당한 건가요?"

북리연이 힘없이 고개를 끄덕였다.

"예. 하나, 그 점은 걱정하지 마세요. 수장들의 말로는 배반자들의 정체는 이미 파악이 되었고 공격하기 일보 직전에 그들과 감시자들을 모조리 제거할 것이라 전해왔으니까요. 물론 삼대세력의 병력이 이동하는 순간 죽림이 알아차리기는 하겠지만 그것까지는 어쩔 수 없겠지요."

"흠, 어쨌거나 제대로 된 싸움을 벌이고자 한다면 백사풍이라는 자들을 구해야 한다는 것인데, 용담호혈(龍膽虎穴)이나 다름없는 북해빙궁에 은밀히 잠입하는 것부터 문제로군요."

도극성의 말에 북리연의 얼굴이 다소 환해졌다.

"본 궁에 잠입하는 것이라면 걱정할 것이 없어요. 북해빙궁엔 오직 직계들만 알고 있는 비밀 통로가 있어요. 다만 안에서 나올 때는 큰 문제가 없지만 역으로 거슬러 올라갈 경우에 다소 문제가 있을 수 있다는 점이 걸리기는 하지만요."

"어떤 문제를 말씀하시는 겁니까?"

"정확히는 모릅니다. 아버님께선 그저 혹시라도 외부에서 몰래 침입하는 적을 막기 위한 대비라고만 말씀해 주셨어요."

"음. 얼마만큼의 위험이 있을지 모른다는 말이군요. 더불어 적에게 그 비밀 통로가 노출되지 않았다는 장담도 없고요."

"정확히 말하자면… 그렇지요."

무엇 하나 확실하지 않은 북리연의 말에 내심 한숨을 내쉬던 도극성이 다시 물었다.

"한데 그들은 누가 구출하는 겁니까?"

북리연이 기다렸다는 듯 대답했다.

"구조대는 제가 이끌기로 하였습니다."

"흠."

도극성의 눈매가 살짝 일그러졌다.

 북리연의 무공이 상당하다는 것은 지난번 싸움을 통해 알 수 있었으나 그렇다고 그처럼 중차대한 일을 맡길 정도냐 하면 그건 또 아니었기 때문이었다. 그런 도극성의 기색을 알아차린 북리단이 다소 겸연쩍은 표정으로 말했다.

 "원래는 아들 녀석이 가기로 하였으나 어쩔 수 없었소. 상대가 상대이다 보니 아무래도 노부 혼자로선 역부족이오."

 "우리 측의 최고 고수라 할 수 있는 당숙이 빠진다는 것 자체가 말이 안 되는 것이니까요."

 북리연의 말에 영운설이 고개를 가로저었다.

 "하지만 두 분의 존재가 보이지 않는 것이 더욱 말이 되지 않아요."

 "예?"

 "소궁주가 부상으로 나서지 못하는 상황에서 북해빙궁의 병력을 이끌어야 하는 사람은 그 누구도 아닌 북리 소저입니다. 이는 단순히 나이나 무공의 고하가 아니라 정통성이 걸린 문제이기 때문입니다. 만약 공격을 받는 상황에서 북리연 소저의 모습이 보이지 않는다면 적들은 틀림없이 뭔가를 의심하게 될 거예요."

 "또한 인질이 인질이니만큼 경계가 만만치 않을 것입니다. 공격이 시작되면 더욱 그렇겠지요."

이어지는 도극성의 말에 북리단과 북리연의 안색은 펴질 줄을 몰랐다.

"하면 어떻게 하는 것이 좋겠소?"

보다 못한 북리잠이 물었다.

도극성과 눈빛을 교환한 영운설이 조용히 대답했다.

"저희가 비밀 통로를 통해 인질을 구해내겠습니다."

"군사께서요?"

북리연이 깜짝 놀라 되물었다.

"예. 큰 소저께선 그저 길 안내를 맡을 인원 몇 명만 붙여 주세요."

"그거야 어려울 것이 없지만……."

북리연이 어물쩡거리는 사이 영운설의 시선이 곽월에게 향했다.

"루주님의 도움이 필요합니다."

"말씀하십시오."

"공격이 있기 전, 저들의 진영을 교란할 필요가 있을 것 같습니다. 가능하다면 핵심 수뇌들의 요격도 성공했으면 좋겠군요. 단, 절대 무리를 하지 않는다는 조건에서 말입니다."

"우리의 전공을 살리란 말씀이군요. 그거야 어려울 것 없지요."

곽월이 빙그레 웃으며 말하자 도극성이 그의 어깨를 툭 건드렸다.

"너무 쉽게 생각하지 말고 적이 어떤 놈들인지 생각해. 인원도 많지만 다들 실력들이 만만치 않아."

"쉽게 생각하지는 않으니까 너무 걱정하지 마라. 꼭 누구를 죽이는 것이 아니라 그저 진영을 혼란스럽게 만들다가 기회를 봐서 한두 명 제거하는 정도라면 전혀 문제될 것이 없으니까."

북해빙궁의 사람들이 오만하다 생각할 정도로 자신감에 차 있는 곽월의 말에 놀랄 때 영운설이 대화에서 한 걸음 물러나 여전히 못마땅한 표정으로 앉아 있는 장영에게 말했다.

"이번 일의 성공 여부는 천주께 달려 있습니다."

"……"

"살수계의 전설이라 할 수 있는 초혼살루의 루주와 그를 따르는 초특급 살수들이 적의 진영을 헤집어 버린다고 해도 한계가 있습니다."

영운설이 북리단에게 이해해 달라는 듯 살짝 고개를 숙인 뒤 말을 이었다.

"또한 북해빙궁의 힘을 폄하하는 것은 아니지만 죽림에 비해 전장을 좌지우지할 수 있는 고수의 수가 절대적으로 부족합니다. 한 사람의 힘이 어떤 위력을 발휘하는지는 천주께서도 아실 거예요. 우리 쪽에선 현재 그런 위치에 있는 사람은 오직 천주뿐이지요."

"나보고 한바탕 살풀이를 하라는 말 같군."

"가능한 최대한으로요. 삼혼과 함께라면 가능할 것 같은데요."

"물론. 원하는 대로 해주지."

영운설의 말이 마음에 들었는지 장영의 얼굴엔 하늘까지 뚫어버리고도 남을 오만함과 자신감이 동시에 드러났다.

"이 정도면 도움이 되겠지요?"

영운설이 북리연에게 물었다.

"물론이에요. 그야말로 천군만마를 얻은 듯하군요. 하나, 문제는……."

북리연이 차마 말을 잇지 못하고 영운설을 빤히 바라보았다.

그녀가 무엇을 말하고자 하는지 알고 있던 영운설이 부드러운 미소를 지어 보였다.

"비밀 통로를 맡기기엔 제가 너무 약해 보인다는 말이군요."

"솔직히 그래요. 이번 일에서 억류되어 있는 인질을 구하는 것이 얼마나 중요한 것인지를 감안하면. 후~"

"구조대의 인원을 추가로 보충해 보겠소. 초혼살루와 사도천의 천주께서 도움을 주신다면 큰 부담은 되지 않을 것이오."

 북리단의 말에 북리연과 북해빙궁의 사람들이 당연하다는 듯 고개를 끄덕이자 장영이 약간의 비웃음이 섞인 웃음을 터뜨렸다.

 "대정련의 군사가 어떤 인물인지 모르는 사람들이 여기 또 있었군."

 "무슨 뜻이오?"

 북리단이 불쾌한 표정으로 물었지만 장영은 자신의 말만 하겠다는 듯 다소 과장된 몸짓으로 말을 이어갔다.

 "뭐, 이해 못할 바는 아닙니다. 여러분들은 물론이고 천하가 속았으니까."

 잠시 말을 멈춘 장영이 난처한 미소를 짓고 있는 영운설을 바라보다 착 가라앉은 음성으로 말했다.

 "나보다 강할 수 있다는 그 말을 여전히 믿지는 못한다. 그렇지만 애써 부정하지는 않겠다. 어차피 시간이 지나면 결코 그렇지 않다는 것을 자연스럽게 알게 되겠지. 그럼에도 불구하고 나는 대정련의 군사가 아닌 영운설이라는 무인을 인정한다. 다른 누구도 아닌 그 영감이 그렇게 말한 데에는 그만한 이유가 있을 테니까. 아울러 너 역시."

 장영의 싸늘한 시선이 자신에게 향하자 도극성은 대수롭지 않다는 듯 어깨를 살짝 들썩였다.

북해빙궁의 사람들이 아직도 상황을 이해하지 못한 듯하자 곽월이 가볍게 덧붙였다.

"이 두 사람을 어찌해 볼 수 있는 사람이 천하에 얼마 되지 않는다는 말입니다. 물론 저를 포함해서 말이지요."

곽월의 얼굴엔 미소가 지어졌지만 그의 말을 듣는 북해빙궁 사람들의 반응은 그야말로 경악 그 자체였다.

*   *   *

"모두 모였다고?"

봉명이 술잔을 내려놓으며 물었다. 꽤나 취기가 오른 것인지 그의 얼굴은 불콰하게 달아올라 있었다.

"예. 봉공님들을 제외하고 모두 모였습니다. 그분들도 곧 도착하실 겁니다."

현검단 부단주 종리중(鐘離重)이 재빨리 대답했다.

"가자."

자리를 박차고 일어난 봉명이 의사청으로 걸음을 옮겼다. 술에 취한 걸음걸이라고 하기엔 보보에 패도적인 기운이 넘쳐흘렀다.

종리중을 앞세운 봉명이 의사청에 도착하고 그를 기다리던 이들이 일제히 자리에서 일어났다.

"앉아."
 가볍게 손짓을 한 봉명이 물었다.
 "놈들의 움직임이 심상치 않은 것 같다고? 정확한 것이야?"
 "예. 빙천현문을 감시하고 있는 수하가 전해온 말이니 틀림없는 것 같습니다."
 현검단주 마건(馬建)이 무덤덤한 표정으로 대답했다.
 "자세히."
 "정확히 윤곽이 드러난 것은 아니지만 전체적인 분위기가 어딘지 다르다고 합니다."
 "분위기라. 너무 예민하게 반응하는 것 아냐?"
 "그렇지는 않습니다. 우리에게 포섭된 자들의 말을 빌리자면 놈들이 조만간 대대적인 공격을 계획하고 있다고 합니다. 문제는 그 공격에 삼대세력이 참여를 하느냐, 하지 않느냐는 것인데……."
 마건이 말을 끝자 봉명의 이마가 살짝 찌푸려졌다.
 "답답하다."
 "그들의 판단으론 참여를 할 것 같다고 합니다."
 "놈들과 합세를 한다? 이곳에 수뇌들과 식솔들이 잡혀 있는데도?"
 "예."

"흠. 너무 앞서 나가는 것 아닐까? 우리와 싸울 거라면 처음부터 그랬어야지 이제 와서 무슨……."

"그때는 수뇌들뿐만 아니라 대다수가 중독이 된 상태였으니까요. 또한 우리의 공격이 정신을 차릴 수 없을 정도로 치밀하고 전격적인 이유도 있었습니다."

마건에 이어 적검단주 곽욱이 조심스레 입을 열었다.

"공격을 결정했다는 것은 이곳에 억류되어 있는 자들이 개입되어 있다고 보는 것이 맞을 듯싶습니다. 수장들과 핵심 수뇌들이 모조리 이곳에 억류되어 있는 상황에서 남아 있는 자들이 독단적으로 결정하지는 못할 것입니다."

"그랬겠지. 한데 늙은이들의 행동은 어때? 평소와 다른 낌새는 없고?"

"크게 눈에 띄는 점은 없습니다."

"행여나 무공을 회복했다거나 하지는 않았겠지?"

"예. 단언컨대 아닙니다. 저들은 매일 아침 복용하는 산공독을 해독할 능력이 없습니다."

"밖에 있는 놈들은 모두 해독을 한 모양인데? 그렇지 않고서야 우리와 싸우겠다고 나서지는 못할 테니까."

"시간이 꽤 흘렀으니 어느 정도는 해독을 하지 않았겠습니까? 이곳에 있는 수뇌들에게 사용하는 산공독과는 달리 그들에게 쓴 것은 어느 정도 용독술에 익숙하다면 해독하는 것이 불가능한 것은 아니니까요."

 "하긴 등신들이 아니라면 그 정도는 해결했겠지. 아무튼 재밌게 되었어. 삼대세력 놈들은 둘째 치고 지금껏 숨어 지내던 북해빙궁 놈들이 공격을 해온다면 이 지겨운 싸움도 곧 끝을 보겠군."

 "그 점이 오히려 이상하다는 생각도 듭니다."

 곽욱이 봉명의 눈치를 살피며 말했다.

 "뭐가?"

 "총령 말씀대로 숨도 못 쉬고 숨어 지내던 자들이 갑자기 이런 식으로 공격을 해온다는 것이 말입니다."

 "쫓는 우리만큼이나 저들도 지쳤겠지. 아니면 삼대세력과 한 줌도 되지 않는 대정련 놈들의 지원으로 오판을 하는 것일 수도 있겠고."

 "한 줌이 안 될 수도 있지만 실력만큼은 대단한 놈들입니다. 황검단의 단주가……."

 말을 하던 곽욱이 아차 하는 표정으로 고개를 돌렸다. 그의 시선에 입술을 꽉 깨물고 있는 마건이 들어왔다.

 "미안하다. 형님을 욕보이고 싶은 생각은 없었다."

 차가운 눈으로 곽욱을 바라보던 마건이 고개를 흔들었다.

 "사과하실 필요는 없습니다. 사실은 사실이니까요. 형님이 방심할 분도 아니고 그런 형님을 쓰러뜨렸다는 것은 적의 무공이 그만큼 강하다는 것이겠지요."

친우를 잃은 슬픔이 크다지만 혈육을 잃은 마건의 슬픔에 비할 수는 없는 일. 생각과는 달리 냉정하게 상황을 판단하는 마건에게 신뢰의 눈빛을 보내던 봉명이 물었다.

"하면 네 생각은 어떠냐?"

순간, 마건의 눈에서 섬뜩한 한기가 뿜어져 나왔다.

"그래도 형님의 복수를 다른 손에 맡길 수는 없는 것. 제가 선봉에 서겠습니다. 아예 흔적도 없이 날려 버리지요."

"복수는 당연히 해야겠지만 그렇다고 모조리 쓸어버려서야 안 되지. 그리되면 이곳까지 온 보람이 없으니까. 도륙을 하는 것은 대정련 놈들이면 충분해. 곽욱."

"예, 총령."

곽욱이 벌떡 일어나며 대답했다.

"적검단이 현검단을 지원해라. 놈들이 원하는 만큼 제대로 놀아줘. 그래도 방심 따위는 하지 마라. 전력이 열세이니 죽자사자 덤빌 테니까."

"명심하겠습니다."

곽욱이 깊게 허리를 꺾었다.

"숙검단은 현검단과 적검단이 놈들과 대적하는 사이 우회를 하여 놈들의 도주로를 차단해라. 절대 조급해하지 말고 은밀히, 완벽하게 놈들의 퇴로를 차단해. 단 한 명의 도주자도 용납하지 않겠다."

"알겠습니다."

숙검단주 초무룡(草武龍)이 거대한 몸집만큼이나 묵직한 음성으로 대답을 했다. 어쩌면 다른 이들에 비해 활약할 기회가 없을 수도 있었지만 그는 조금의 불만도 내비치지 않았다.

"황검단은……."

봉명의 눈이 마중을 대신해 황검단을 이끌게 된 양극경(梁克競)에게 향했다.

"돌아가는 꼴을 보니 아마도 싸움이 시작되면 이곳에 억류되어 있는 놈들 또한 모종의 일을 꾸미게 될 것 같다. 단 한순간도 감시를 소홀히 해서는 안 될 것이다."

"예."

양극경이 딱딱하게 굳은 표정으로 명을 받았다.

그렇게 일사천리로 명령을 하달한 봉명이 조금 전 의사청에 도착해 가만히 회의를 지켜보던 봉공들에게 시선을 돌리자 나백(羅柏)이 그들을 대신해 입을 열었다.

"한 가지 짚고 넘어가고 싶은 것이 있구나."

"말씀하십시오."

"다른 것은 모르겠고 대정련에서 지원을 왔다는 놈들 말이다."

"예."

"대정련의 군사가 포함되어 있다는데 결코 만만한 인물이 아닐 게다. 그 어린 나이에 대정련의 군사가 되었다는 것은 세상에 알려진 것 이상의 능력이 있다는 것을 말하는 것이니까. 또한 그 아이와 함께 온 초혼살루의 살수들과 사도천의 천주라는 놈 또한 만만치 않은 인물이다. 무엇보다 도극성이란 녀석은 주의를 하는 것이 좋아. 암흑마교가 어떤 꼴을 당했는지 너도 알고 있을 것이다."

"명심하겠습니다."

"그리고 노파심에 말하는 것이지만 삼대세력의 수장들에게 조금 더 신경을 쓰는 것이 좋겠다. 저렇듯 무모하게 도발을 하는 것을 보면 뭔가 다른 목적이 있을 수도 있어. 어쩌면 우리의 이목을 다른 쪽으로 돌려놓고 그들을 구하려고 할 수도 있다. 밀옥에 직계가족들을 구금하고는 있다지만 여차하면 그들 역시 밀옥에 다시금 감금하는 것도 생각해 봐야 할 것이야."

"충분히 예상하고 있으니 너무 걱정하지 마십시오. 놈들을 구하고자 한다면 방법은 오직 비밀 통로를 이용하는 것뿐입니다. 한데 재밌는 것이 나갈 때는 몰라도 들어올 때는 꽤나 위험한 과정을 거쳐야 되더군요."

"이미 준비를 마친 모양이구나."

"각 단의 최정예를 차출해 놈들은 물론이고 비밀 통로 또한 감시하고 있습니다. 최악의 경우 북해빙궁과 삼대세력을 모조리 지우더라도 그들만큼은 손에 넣어야 하니까요."

"쉽지는 않을 게다. 강한 만큼 북해빙궁에 대한 놈들의 충성심이 크다는 것도 문제야."

"실혼인(失魂人)으로 만드는 한이 있더라도 반드시 제 밑에 둘 것입니다."

"네가 그리한다면 그렇게 되는 것이겠지."

봉명의 집요함을 누구보다 잘 알고 있던 나백이 웃음을 지으며 고개를 끄덕이자 마주 웃어 보이던 봉명이 입을 열었다.

"어르신들께서도 도와주셔야 하지 않습니까?"

"허허, 우리들이 말이냐?"

나백이 너털웃음을 지으며 물었다.

"여흥이다 생각하시고 살펴주시지요."

봉명의 말에 아홉 봉공들이 서로의 얼굴을 마주 보았다. 그리곤 곧 고개를 끄덕였다.

"그러자꾸나. 어차피 무료한 참이었으니."

나백이 반백으로 물든 수염을 쓰다듬으며 말했다.

"때가 되면 기별을 하거라. 우린 가볍게 한잔해야겠으니. 가세나."

나백과 봉공들을 배웅하고 자리에 앉는 이들의 얼굴에 더 이상 여유로움과 웃음기는 없었다. 비록 압도적인 전력의 우위에 있었음에도 그들은 결코 방심하지 않았다.

　　　　　＊　　　＊　　　＊

 사위가 완벽한 어둠으로 물든 시각, 북해빙궁의 한쪽 구석에서 죽림의 감시망을 따돌리고 은밀히 머리를 맞대고 있는 사람들이 있었다.
"이제 곧 시작이네."
 주변이 철저히 차단되었음을 확인, 또 확인하였음에도 빙천현문 문주 추관숙의 음성은 무척이나 나직했다.
"우리도 준비를 해야 하지 않겠나?"
 빙한곡주 단후인(段厚璘)의 말에 설풍각주 도은(陶誾)이 고개를 끄덕였다.
"볼모로 잡힌 우리가 할 것이 뭐 있겠나? 밖에서 아이들이 잘 해주기만을 바라야지."
"그거야 당연한 것이고."
"싸움이 일어나면 의당 우리도 움직여야겠지. 그런데 해독은 다 됐나?"
 추관숙의 물음에 도은이 고개를 끄덕였다.
"조금 전에 끝났네. 문제는 해독이 되기는 했지만 다들 정상적인 몸이 아니라는 것이야. 흩어진 내공을 완전하게 되찾으려면 조금 더 시간이 걸릴 것 같군. 놈들이 알아챌까 걱정하는 바람에 너무 늦게 해독을 했어."

"우리가 이러니 아이들은 더 하겠군."

"어쩌겠나? 들키는 것보다야 낫지."

"그렇긴 하지만……."

도은이 한숨을 내쉬자 추관숙이 그를 달랬다.

"그래도 밖에 있는 아이들에게 짐이 되는 일만은 벗어나지 않았나? 이제 기다리기만 하면 되네."

"한데 어찌 생각하나? 성공할 것 같은가?"

단후인의 물음에 전혀 엉뚱한 곳에서 대답이 흘러나왔다.

"실패합니다."

방에 모인 이들의 시선이 목소리를 따라 움직였다.

"네, 네가 어, 어떻게 이곳에?"

음성의 주인이 자신의 셋째 아들 추운(秋運)임을 확인한 추관숙이 떨리는 눈으로 물었다. 갑작스레 등장한 추운의 모습에 당황을 한 것인지 되묻는 추관숙의 목소리는 가늘게 떨리고 있었고 낯빛 또한 금세 창백해졌다.

"제가 못 올 곳에 왔습니까?"

가볍게 대꾸한 추운이 걸음을 옮기자 그의 뒤로 몇몇 인원이 모습을 보였다.

그들을 확인한 도은과 단후인의 표정 또한 조금 전의 추관숙과 다르지 않았다.

"네가 어찌 이곳에 있느냐고 물었다."

추관숙이 다그치듯 물었다.

"그건 중요한 것이 아닙니다."

추운이 입가에 머금고 있던 미소를 감추고 한숨을 내쉬었다.

"후~ 참으로 쓸데없는 생각을 하고 계시는군요."

"쓸데없는 생각이라니?"

"오늘 일, 성공하리라 보십니까?"

추운이 부친을 비롯해 단후인과 도은을 둘러보며 물었다.

"……."

추관숙 등이 침묵을 지키자 추운이 고개를 흔들었다.

"절대로 실패합니다. 죽림의 힘은 아버님과 어르신들께서 생각하는 것만큼 약하지 않습니다. 이미 몰락한 북해빙궁과 패잔병이나 다름없는 삼대세력의 힘이 합쳐진다고 해도 어찌해 볼 수 없을 정도로 강력하단 말입니다."

흥분을 한 것인지 추운의 음성이 점점 커지고 있었다.

"설마하니 죽림이 아무것도 모르고 있을 거라 생각하신 건 아니겠지요? 대체 어쩌자고 일을 이 지경으로 만드신단 말입니까? 제가 때마침 이곳을 감시하는 자들의 입을 틀어막지 않았다면 모든 것이 끝장이 났을 겁니다. 식솔들과 제자들을 모조리 사지로 몰아넣으실 생각이 아니라면 이런 무모한 짓은 하지 말았어야 합니다."

"무모하다? 무엇이 무모하다는 것이냐? 뻔히 힘에 부칠 것을 알면서도 최후의 싸움을 시작하려는 주군을 따르는 것이 무모하다는 말이냐? 하면 주군을 배반하고 적에게 굴복해 보잘것없는 목숨을 연명하는 것은 현명한 선택이더냐? 신의를 지키기 위해서라면, 설사 그로 인해 목숨을 잃는다 해도 주저함이 없어야 한다. 그것만이 땅에 떨어진 명예를 지키는 길이니."

"우리를 믿고 따르는, 우리가 책임을 져야 하는 식솔들과 제자들을 생각해 보십시오. 명예라 하셨습니까? 대체 누구를 위한 명예인 것입니까? 명예도 죽음 앞에선 한낱 신기루에 불과한 것입니다. 허울 좋은 명예를 찾다 식솔들과 제자들을 모조리 죽음으로 몰아넣느니 차라리 비굴함을 택하겠습니다."

추관숙이 시뻘겋게 달아오른 아들의 얼굴을 무심히 바라보다 그의 뒤에 선 자들을 바라보며 물었다.

"너희들도 같은 생각이냐?"

다들 침묵을 지켰지만 그것만으로도 충분한 대답이 되었다.

"허허, 내 그래도 너는 믿었건만."

도은이 추운의 왼쪽에 서 있는 청년을 보며 허탈하게 웃었다.

"어쩌겠느냐? 이 또한 제자를 잘못 키운 이 늙은이의 죄지."

청년의 눈동자가 잠깐 흔들렸지만 그때뿐이었다. 그는 애써 사부의 눈을 무시하며 평정심을 지켰다.

"한 가지만 물어보자꾸나."

추관숙이 추운의 눈을 직시하며 물었다.

"백사풍을 무력화시킨 것이 혹 너희들이냐?"

"……"

"너희들이냐고 물었다."

잠시 망설이던 추운이 입술을 살짝 깨물며 고개를 끄덕였다.

"예, 그렇습니다. 우리가 했습니다."

"그랬…구나. 혹시나 했지만 역시 너희들의 짓이었어."

추관숙의 몸이 살짝 흔들렸다.

추운과 도은이 아끼는 제자 강열(姜烈)은 백사풍의 일원. 죽림에 의해 억류되어 있어야 할 그들이 아무런 제재도 없이 움직이는 것을 보면서 어느 정도는 예상을 했었지만 그래도 직접 듣는 것은 꽤나 큰 충격이었다.

"처음부터 알고 계셨습니까?"

추운이 조금은 놀란 표정으로 추관숙을 응시했다.

추관숙보다는 자신이 대신 설명을 하는 것이 낫다고 판단한 단후인이 끼어들었다.

"우리는 북해빙궁의 최강의 힘이라 할 수 있는 백사풍이 그렇게 허무하게 무력화된 것을 이상하게 생각했다. 후일 그들이 우리처럼 독에 중독되었다는 것을 안 후부터 은밀히 조사를 시작했지. 백사풍의 폐쇄적인 특성, 그리고 그들의 전력을 생각했을 때 외부의 적은 생각할 수도 없었다. 결국 우리는 내부의 적으로 눈을 돌렸다. 과연 누가 백사풍을 저토록 신속하고 치밀하게 무력화시킬 수 있는 것인가? 의심 가는 사람이 몇 있었고 그 안에 네가 포함되어 있었지만 그래도 확신할 수는 없었다. 하나, 네가 이곳에 나타나는 순간 의심은 확신이 되었지."

"네놈은 의심조차 하지 않았다."

도은이 실망에 찬 눈으로 강열을 응시했다. 강열은 감히 고개를 들지 못했다.

"어쩔 수 없는 선택이었습니다."

"뭐가 어쩔 수 없는 선택이란 말이냐? 주군의 곁을 지켜야 하는 놈들이 오히려 배반하는 것이 어째서 어쩔 수 없는 선택이란 말이냐?"

추관숙의 노기 어린 음성이 방 안을 쩌렁쩌렁하게 울렸지만 추운은 흔들리지 않았다. 오히려 착 가라앉은 눈으로 차분히 대꾸했다.

"그랬기에 빙천현문을 살린 것입니다. 빙한곡을, 설풍각을 살릴 수 있었단 말입니다."

"그따위 궤변은 치우거라. 그런다고 네놈들의 배덕한 행동이 용납되는 것은 아니니."

"상관없습니다. 누가 뭐라 해도 저는 제 선택을 믿으니까요."

"정녕 그리 생각한단 말이냐? 허! 빙천현문에 어쩌자고 너 같은 놈이 태어났단 말이냐. 부끄러워 조상들을 뵐 면목이 없구나."

아들로서의 존재를 부정당하는 참담한 상황임에도 추운의 태도는 추호의 변함도 없었다. 오히려 더욱 당당해졌다.

"곧 자랑스러워하실 날이 올 것입니다. 수백 년 동안 북해빙궁의 수족에 불과했던 빙천현문이, 사지를 옭아맸던 그 끔찍한 족쇄를 풀고 비상을 시작하는 순간, 오늘의 제 선택이 틀리지 않았음을 아시게 될 겁니다."

"비상을 시작해? 죽림이 그것을 두고 보겠느냐?"

추관숙이 답답하다는 듯 소리쳤다.

"쉽지는 않겠지요. 하나 최소한 북해빙궁의 수족으로 지내는 지금보다는 나을 겁니다."

"답답하구나. 실로 답답해. 북해빙궁을 버리고 놈들에게 머리를 숙인 순간, 네가 악몽이라 생각하는 지금의 상황보다 더욱 끔찍한 미래가 기다리고 있음을 왜 몰라."

추관숙은 세상 물정 모르고 자신이 어떤 짓을 벌이고 있는지 전혀 알지 못하는 추운에게 분노와 노여움이 아닌 안타까운 시선을 보냈다.

평행선을 달리는 부자간의 대화를 가만히 듣고 있던 도은이 강열에게 물었다.

"네 생각도 같은 것이겠지?"

잠시 머뭇거리던 강열이 고개를 끄덕였다.

"예, 사부님."

"일을 이 지경으로 만들고도 사부란 말이 나오느냐?"

"죄송합니다. 하지만 어쩔 수 없었습니다. 우리 설풍각도 이제는 북해빙궁의 그늘에서 벗어나야 한다고 생각했습니다."

"……."

"북해는 너무 척박합니다. 그리고 너무 좁습니다."

"그래서 죽림의 화살받이가 되기로 결심한 것이더냐?"

"우리의 꿈을 이루기 위해서입니다."

도은이 차갑게 소리쳤다.

"착각하지 마라. 설풍각의 꿈이 아니라 단지 네 꿈일 뿐이다."

"……."

대답을 하지 못하는 강열을 뒤로 물린 추운이 말했다.

"어쨌거나 우리는 저마다의 꿈을 가지고 그 꿈을 좇을 생각입니다. 그리고 어르신들께선 저희를 위해서, 아니, 우리 모두를 위해서 침묵해 주셔야겠습니다."

"침묵이라 하면 밖에 있는 아이들처럼 우리를 죽이기라도 하겠다는 말이냐?"

추관숙의 말에 추운이 강하게 고개를 흔들었다.

"저희를 금수(禽獸)로 만들지 마십시오. 밖에 있는 아이들은 잠시 제압을 해두었을 뿐입니다. 상한 아이는 한 명도 없을 터이니 너무 걱정하지 마십시오. 제가 원하는 것은 그저 침묵해 달라는 겁니다. 지난번처럼."

"침묵하지 못하겠다면?"

"침묵하시게 될 겁니다."

"너희들이 감히 우리를 막을 수 있을 것 같으냐?"

추관숙이 서서히 기운을 끌어올리며 소리쳤다.

"조금 전, 해독을 하셨다는 말씀은 들었습니다만 아직은 정상적인 몸 상태……."

여유롭게 말을 이어가던 추운의 눈이 갑자기 부릅떠졌다. 방문 밖에서 난데없는 비명 소리가 들려왔기 때문이었다.

당황하기는 추관숙 등도 마찬가지였다.

상황이 어찌 돌아가는지 이해를 하지 못한 그들이 서로의 얼굴을 바라보며 걱정스런 표정을 지었다. 혹시나 죽림이 개입한 것은 아닌지 염려하는 것이었다.

천천히 문이 열리고 한 사내가 얼굴을 들이밀었다.

거대한 덩치와 어울리지 않게 날렵한 동작으로 방 안으로 들어선 사내는 다름 아닌 곽월. 북해빙궁의 공격에 앞서 미리 성으로 잠입한 바로 그였다.

"네놈은 누구……."

방문과 가장 가까이에 있던 사내 하나가 칼을 겨누며 소리치려다 곽월의 등 뒤에서 튀어나온 검에 목줄기를 관통당해 그대로 숨이 끊어졌다.

"그만."

곽월이 손을 들며 만류를 하자 어느새 목표물을 찾아 이동하던 초혼살루의 살수들이 일제히 움직임을 멈췄다.

문밖에, 그리고 방 안에 들어왔던 자들을 순식간에 제압한 곽월이 추운을 일별한 뒤 추관숙에게 정중히 허리를 숙였다.

"괜찮으십니까?"

"그, 그렇소. 한데 누구신지……."

추관숙이 경계심이 가득한 눈으로 곽월을 응시했다.

"만년곡에서 왔습니다."

만년곡이라는 말에 추관숙 등의 안색이 확 펴지는가 싶더니 이내 의심스런 눈길로 말했다.
 "만년곡에 그대와 같은 이가 존재한다는 말은 들은 적이 없소. 게다가 시간이……."
 "공격에 앞서 물밑 작업을 하기 위해서 왔습니다. 아, 그리고 저희들은 이곳 사람이 아닙니다. 정확히 말하자면 초혼…대정련에서 왔습니다."
 "아!"
 비로소 상대의 정체를 이해한 추관숙과 수장들이 탄성을 내질렀다. 그 숫자는 얼마 되지 않지만 대정련에서 막강한 조력자들을 보내주었다는 것은 북리단과의 연락을 통해 그들 역시 알고 있기 때문이었다.
 "일이 급박해 보여서 일단 개입을 하기는 하였지만 괜한 행동을 한 것은 아닌지 걱정이 되는군요."
 곽월이 오만상을 찌푸리며 진땀을 흘리고 있는 추운을 바라보며 말했다.
 "아니오. 덕분에 배덕자를 잡을 수 있었소."
 추관숙이 차가운 눈빛으로 추운을 응시했다.
 "아직도 칼을 버리지 않는 것이냐?"
 하지만 버리지 않는 것이 아니라 버릴 수 없다는 말이 정확했다. 오직 추운에게만 쏟아지는 곽월의 엄청난 살기는 그로 하여금 손가락 하나 까딱하지도 못하게 만든 것이다.

곽월이 추관숙과 태연하게 대화를 나누는 지금 이 순간에도 추운은 죽음의 공포와 싸우는 중이었다.

추관숙이 북풍한설만큼이나 차가운 시선으로 추운을 바라보다가 손을 뻗었다. 부친의 손이 자신을 노리며 날아드는 것을 보면서도 추운은 움직이지 못했다.

"컥!"

추관숙의 거센 손아귀에 목줄기를 잡힌 추운이 탁한 신음을 내뱉었다.

"못난 놈!"

추운의 목을 옥죄며 내뱉는 추관숙의 말은 절규와도 같았다.

第七十一章

혈익편복(血翼蝙蝠)

"이곳이에요."

북리화가 가리킨 곳은 높이가 거의 십여 장에 달하는 거대한 암벽이었다.

그녀를 따라 암벽을 보는 일행의 얼굴에 의문이 깃들었다.

"비밀 통로의 출입구라고 하기엔 어딘지 이상하군요."

영운설이 예리한 눈초리로 암벽을 살피며 말했다.

"눈으로는 잘 보이지 않아요. 우리가 흔적을 없앤 이유도 있지만 매일같이 내리는 눈 때문에 틈새가 곧 사라지거든요."

가볍게 대꾸한 북리화가 암벽 밑으로 다가가 몇 번 더듬는가 싶더니 이내 고개를 돌렸다.

"찾았어요."

말이 끝나기가 무섭게 거친 마찰음이 들려오며 허리를 숙이고 들어가야 할 정도의 구멍 하나가 생겨났다.

"기관장치가 되어 있었군요."

도극성이 들고 있던 횃불에 불을 붙이며 말했다.

"자, 어서요."

수하가 건넨 횃불을 든 북리화의 몸이 곧 동굴로 사라졌다.

"급하기는."

그녀를 앞장세울 마음이 전혀 없었던 도극성이 혀를 차며 뒤를 따랐다.

입구는 좁았지만 입구를 지나자마자 급격하게 넓어진 공간에 북리화를 제외한 모든 이들이 입을 쩍 벌리며 놀랐다.

"암벽 속에 이런 공간이 있었다니 놀랍군요."

"놀라기는 일러요. 조금만 더 안쪽으로 들어가면 이 정도는 아무것도 아니라는 걸 알게 될 거예요."

어딘지 모르게 자부심이 깃든 북리화의 말을 귓등으로 흘려 버린 도극성이 앞장서 움직이기 시작했다.

자신이 맨 앞에 서겠다는 북리화를 뒤로 물린 그는 전신의 감각을 극도로 끌어올리며 조금씩 발걸음을 움직였다.

그렇게 얼마를 이동했을까?

동굴에 막 들어섰을 때까지만 해도 이어졌던, 살을 에는 듯한 추위는 어느새 온데간데없이 사라졌다. 추위가 사라지면서 동굴의 천장, 벽면을 꽁꽁 얼렸던 얼음도 사라지고 대신 얼음에 감춰졌던 동굴의 진면목이 모습을 드러내기 시작했다.

"와!"

"세상에!"

수백, 아니, 수천이 넘어 보이는 종유석(鐘乳石).

제각기 모양도 크기도 다른 종유석이 군집을 이루며 일행을 반겼다.

저마다 기기묘묘한 모양새와 형용할 수 없는 색을 뿜내는 종유석을 보며 영운설과 도극성은 물론이고 그들을 뒤따라온 북해빙궁의 무사들도 두 눈을 휘둥그레 뜨며 감탄성을 터뜨렸다.

"내 적잖은 종유석을 보아왔지만 이런 거대한 종유석은 처음 보는군요."

영운설이 거의 오 장여에 이르는 종유석을 보며 혀를 내둘렀다.

최소한 천 년의 세월이 지나야 그 길이가 한 치 정도 늘어나는 종유석의 특성을 감안했을 때 오 장이 넘는 종유석이 지닌 세월의 가치는 감히 상상조차 할 수가 없었다.

"끝난 것이 아니라 진행형이라는 것이 더 놀랍군요."

도극성이 그 종유석 아래, 물방울이 떨어지며 만들어진 석순(石筍)의 정상부를 살짝 찍어보며 말했다.

"그런데 저건 뭡니까?"

도극성이 동굴 천장과 벽면에 박혀 은은하게 빛나는 암석을 가리키며 물었다.

"글쎄요. 저도 잘……."

북리화가 잘 모르겠다는 듯 고개를 흔들자 도극성이 웃음을 흘렸다.

"설마하니 그 비싸다는 야광주는 아닐 것이고."

"인회석(燐灰石)인 것 같군요."

영운설이 빛을 내고 있는 암석을 가까이에서 살핀 후 말했다.

"인회석이요?"

"예. 야광주처럼 환하지는 않지만 자체적으로 빛을 뿜을 수 있기에 이런 어둠 속에선 어느 정도는 효과가 있어요. 자연적으로 형성된 것은 아니고 이곳을 비밀 통로로 이용하면서 박아놓은 것 같군요."

"그렇… 군요."

도극성은 세상에 천하제일지라고 소문이 난 영운설의 명성이 결코 과한 것이 아님을 새삼 깨달으며 북리화에게 고개를 돌렸다.

"이런 동굴이 통로의 끝까지 이어지는 건가요?"

"아니요. 자연 동굴은 대략 칠팔 리 정도예요. 나머지 부분은 자연 동굴에 인공적인 힘이 가미된 동굴이지요. 특이하게도 두 동굴은 그 모양이나 형태, 지질 등이 완전히 달라요. 마치 물과 기름처럼 너무 상반되지요."

"어쨌건 인공이 가미되었다면 적을 막기 위한 함정은 바로 그곳에 설치되었겠군요."

"예. 이곳엔 굳이 설치할 필요가 없다고 하셨어요."

"흠, 알겠습니다. 어쨌든 조심해서 나쁠 것은 없으니 다들 신중을 기해주시기 바랍니다."

가볍게 주의를 준 도극성이 심호흡을 하며 멈췄던 걸음을 옮기기 시작했다.

그런 도극성을 보며 영운설은 가볍게 얼굴을 찌푸렸다.

'설치하지 않았다가 아니고 굳이 설치할 필요가 없었다?'

영운설은 북리화의 말에 어딘지 모르게 이질감을 느꼈지만 정확하게 실체를 알 수가 없었고 괜한 말로 일행의 불안감을 증폭시킬 수 있었기에 입을 다물었다.

한참을 앞서 나가던 도극성이 갑자기 걸음을 멈추더니 허리를 숙였다. 거의 동시에 멈춘 일행이 잔뜩 긴장한 표정으로 그를 바라보았다.

"무슨 일인가요?"

영운설이 도극성의 곁으로 다가오며 물었다.

"이것을 보십시오."

도극성이 긴장된 목소리로 땅바닥을 가리켰다.

횃불에 드러난 바닥엔 무수한 발자국이 어지럽게 찍혀 있었다. 하지만 무엇보다 영운설의 시선을 사로잡은 것은 발자국 사이사이에 떨어진 얼룩이었다.

"핏자국인가요?"

"아마도요."

"북해빙궁의 소궁주가 이곳을 탈출할 때 충돌은 없었다고 하지 않았나요?"

"예. 탈출하기까지가 위험했지 비밀 통로에 접어든 다음엔 무사히 빠져나올 수 있었다고 들었습니다."

"그렇다면 이 핏자국은……."

영운설의 고운 아미가 심각하게 찌푸려졌다.

"혹시 모르니 확인을 해봐야겠습니다."

몸을 일으킨 도극성이 조심스레 북리화에게 다가갔다.

"무슨 일이라도 있는 건가요?"

북리화의 물음에 가만히 고개를 흔든 도극성이 물었다.

"지난번 이곳을 이용해 탈출할 때 적과 마주치거나 충돌이 있었습니까?"

"이곳에서요?"

"네."

"아니요. 놈들은 우리가 이곳을 이용해 탈출한 줄은 꿈에도 모를 거예요."

"모르지 않는 것 같군요."

"예? 그게 무슨 말인가요?"

도극성은 별다른 대답 없이 영운설의 곁으로 다가왔다.

"우리가 알고 있는 그대롭니다. 추격자들은 보지 못했다는 군요."

"하지만 핏자국이 그리 오래되지 않았다는 것을 감안하면 적이 이곳을 발견한 것이 틀림없어요."

"문제는 어째서 이런 핏자국이 남았냐는 것이겠지요. 또한 추격자들의 발걸음이 왜 여기서 멈추었는지도 풀어야 할 문제고요."

도극성이 어지럽게 흩어진 발자국을 가리키며 설명했다.

"지금까지는 소궁주와 두 소저의 흔적뿐이었습니다. 그것은 곧 추격자들이 이곳에서 더 이상 나아가지 못했다는 말과 같습니다. 한데 후퇴한 흔적도 없군요. 아니, 발걸음을 되돌리려 하긴 했지만 그러지 못한 것 같습니다."

"그렇다는 것은……."

영운설이 고운 아미를 살짝 찌푸릴 때였다.

어둠을 가르며 그녀를 향해 날아오는 물체가 있었다.

그녀가 손을 쓰기도 전, 도극성의 검이 그것을 베어버렸다.

도극성이 자신의 발밑에 떨어진 물체를 검끝으로 툭 건드렸다.

"뭔가요?"

"글쎄요. 생긴 것이 꼭… 박쥐 같군요."

박쥐치고는 크기가 너무 작다는 것이 이상하기는 했지만 활짝 편 날개 모양이나 생김새가 박쥐가 틀림없었다.

"박쥐요? 박쥐가 이 추운 곳에……."

이상하다는 듯 고개를 갸웃거리던 영운설의 몸이 그대로 굳었다.

검끝으로 박쥐를 이리저리 건드려 보던 도극성의 움직임 역시 멈췄다.

그들의 고개가 동시에 한곳을 향해 움직였다.

희미하게 주변을 밝히던 인회석의 불빛도 영향을 주지 못하는, 그 어떤 빛도 존재하지 않는 암흑의 세계.

얼마나 넓고 깊은지 전혀 가늠이 되지 않는 동굴 저편에서 알 수 없는 울림이 다가오고 있었다. 그것은 마치 개미 떼가 기어가는 듯한 미세한 소리로부터 시작하여 종내에는 동굴

전체를 뒤흔드는 굉음으로 커지고 있었다.

잔뜩 인상을 찌푸린 도극성이 울림의 근원지를 향해 들고 있던 횃불을 던졌다. 내력을 품은 횃불이 일직선으로 날아가면서 주변을 밝히다가 곧 힘을 잃고 추락을 했다.

횃불이 추락을 하는 순간, 영운설과 도극성은 물론이고 겁에 질려 있던 북해빙궁 사람들도 똑똑히 볼 수 있었다. 동굴을 가득 메우며 날아드는 박쥐 떼를.

"조심하세요!!"

영운설이 경고를 하며 검을 치켜세웠다. 자하신공을 운용하는지 그녀의 몸에서 은은하게 붉은 빛이 흘러나오고 검신에서 푸르스름한 강기가 피어오르고 있었다.

"타핫!"

도극성의 입에서 힘찬 기합성이 터져 나왔다. 삼원무극신공을 바탕으로 한 무극진천검법이 박쥐 떼를 향해 펼쳐졌다. 한낱 미물들과 드잡이를 하기엔 다소 과한 무공이긴 했지만 박쥐들로부터 흘러나오는 살기가 보통이 아니기에 어쩔 수 없는 선택이었다.

파스스슷.

도극성의 검에서 발출된 검기에 앞서 밀려오던 박쥐들이 혼적도 없이 사라지고 연이어 따라붙은 영운설의 매화십이검이 수백여 마리의 박쥐를 한순간에 짓이겼지만 그들이 없앤 박쥐들의 수는 극히 일부분에 불과했다.

 도극성과 영운설의 검기를 스쳐 지나간 박쥐 떼가 후미에 있던 북해빙궁 사람들을 노렸다. 물론 그들이라고 순순히 당하지는 않았다. 숫자는 적었지만 북해빙궁에서 고르고 고른 인물들. 저마다 무공을 펼치며 무수히 많은 박쥐 떼를 떨어뜨렸다.

 그러나 그 넓은 동굴을 꽉 채울 정도로 박쥐의 숫자는 엄청났다. 죽이고 또 죽여도 그 수가 좀처럼 줄어들지 않았다. 결국 피해가 발생하고 말았다.

 최초 희생자는 맨 후미에 있던 사내였다.

 비록 뛰어난 무공을 지녔고 그 누구보다 열심히 싸웠지만 일일이 제거하기엔 박쥐들의 수가 너무 많았다.

 박쥐의 날카로운 이빨이 그의 손등을, 얼굴을 할퀴고 지나갔다.

 점점이 떨어지는 핏방울.

 그 순간, 모든 박쥐들이 오직 그 사내만을 노리기 시작했다.

 도극성과 영운설이 필사적으로 검기를 날리고 검막을 치며 그를 보호하려 하였으나 역부족이었다.

 사내가 흘린 핏방울은 박쥐 떼에겐 그야말로 흥분제와 다름이 없었다. 다가가면 죽는다는 것을 본능적으로 느끼면서도 그 본능마저 주체할 수 없을 정도로 핏내음이 주는 유혹은 컸다.

박쥐 떼의 집중 표적이 된 사내는 손쓸 틈도 없이 땅바닥에 쓰러지고 말았다.

끔찍한 비명 소리와 바둥거리는 몸짓이 멈춘 것은 찰나지간이었다. 박쥐 떼에 온몸이 뒤덮인 사내는 뼈는 물론이고 옷가지조차 남기지 못한 채 사라져 갔다.

"어느 쪽입니까?"

북리화의 곁으로 다가온 도극성이 다급히 물었다.

"이, 이쪽이에요."

"뛰어요! 이쪽으로. 빨리 뛰어요!"

도극성이 목이 터져라 외치자 동료의 희생으로 찰나의 시간을 얻은 이들이 도극성이 가리키는 방향으로 뛰기 시작했다. 그들을 노리며 달려드는 박쥐 떼는 도극성과 영운설이 전력을 다해 막았다.

도극성은 그야말로 닥치는 대로 검을 휘둘렀다.

검이 지나가는 자리에 남는 것은 없었다.

박쥐는 물론이고 천장에서 내려온 종유석, 석순 등이 무참히 파괴되기 시작했다. 그 덕에 박쥐들이 마음껏 활개 치던 넓은 통로가 조금씩 좁혀졌다. 통로가 좁혀지는 만큼 상대하는 박쥐들의 수도 줄어들자 영운설도 천장을 향해 검기를 뿌리기 시작했다.

쿠쿠쿵.

검기에 맞은 종유석들이 힘없이 떨어져 내리고 바닥에 부딪치며 동굴을 뒤흔들었다. 그 충격에 검기에 노출되지 않았던 종유석들까지 하나둘 떨어지기 시작했다. 수십, 수백 만년 동안 조금씩 형태를 갖추며 성장해 온 자연의 피조물이 사라지는 것은 순식간이었다.

"동굴이 무너집니다. 달려요!"

동굴을 뒤흔드는 진동이 심상치 않다고 여긴 도극성이 미친 듯이 소리치자 그렇지 않아도 공포에 질렸던 이들은 그야말로 죽을힘을 다해 내달렸다. 몇몇 사내의 몸에 박쥐들이 매달려 있었지만 지금은 그것에 신경 쓸 겨를이 없었다.

"큭!"

맨 후미에서 무너지는 동굴을 뚫고 덤벼드는 박쥐를 상대하던 도극성의 입에서 신음이 터져 나왔다.

떨어지는 종유석이 어깨를 강타했지만 신경 쓸 겨를이 없었다. 잠시라도 멈칫거리면 그대로 박쥐 떼의 밥이 될 판이었다.

"이쪽으로요. 어서요!"

북리화가 무너지는 동굴, 박쥐 떼에게 쫓기는 영운설과 도극성을 바라보며 안타깝게 소리쳤다. 하지만 그녀가 할 수 있는 일은 아무것도 없었다. 그저 무사히 도착할 수 있기를 빌고 또 빌 뿐이었다.

쿠쿠쿠쿵.

마침내 기나긴 동굴이 모두 무너지고 형언할 수 없을 정도로 신비롭고 아름다웠던 동굴은 자취를 감추고 말았다.

간발의 차이로 몸을 빼낸 도극성과 영운설은 한동안 일어서지를 못했다. 짧은 시간에 엄청난 내력을 쏟아부은 데다가 살았다는 안도감에 몸의 긴장감이 확 풀렸기 때문이었다. 특히 영운설을 보호하기 위해 떨어져 내리는 종유석 몇 개를 맨몸으로 받아낸 도극성은 몸 곳곳에 크고 작은 상처를 입었다. 그나마 삼원무극신공의 공능으로 몸을 보호했기에 망정이지 그렇지 않았다면 온몸의 뼈마디가 산산이 조각났을 것이다.

"괜찮으세요?"

북리화가 도극성의 바지를 물고 늘어진 박쥐를 멀리 차버리고는 그를 부축했다.

"그럭저럭 괜찮기는 합니다만 다들 무사한 겁니까?"

고통 때문인지 오만상을 찌푸리던 도극성이 주변을 돌아보며 물었다.

"세 명이 더 당했어요. 그래도 이만하기가 다행이에요. 대체 이런 것들이 어디서 왔는지 모르겠어요."

북리화는 바닥에 떨어져 꿈틀대는 박쥐를 가리키며 이해

를 할 수가 없다는 표정을 지었다.

"생긴 것도 그렇고 여간 호전적이 아닌 것을 보면 보통 박쥐가 아닙니다. 그 조그만 놈들이 이렇게 깊은 상처를 남기는 것도 그렇고 피도 잘 멈추지 않습니다."

북해빙궁의 한설(寒雪), 빙설(氷雪), 운설(澐雪) 삼 개 당의 수뇌 중 유일하게 생존하여 이번 작전에 참여한 한설당주 주운경(朱雲競)이 칼끝으로 여전히 날카로운 이를 내보이며 꿈틀대는 박쥐를 찍어 올리며 말했다.

"아마도 혈익편복(血翼蝙蝠) 같군요."

영운설의 한마디에 모든 이들의 시선이 집중됐다.

"혈익편복이요? 그런 박쥐도 있습니까?"

도극성이 묻자 영운설이 박쥐의 날개를 가리키며 말했다.

"그 수가 많지 않아 세상에 잘 드러나진 않았지만 분명 존재하는 박쥐예요. 날개를 활짝 펴면 안쪽이 피처럼 붉다 해서 혈익편복이라 불리지요."

"그렇군요."

"하지만 이상한 게 있어요."

"뭐가 말인가요?"

"혈익편복이 다른 박쥐에 비해 다소 호전적이기는 하나 사람이나 큰 동물에게 덤비지는 않는 것으로 알고 있어요. 게다가 이 동굴에 서식하는 혈익편복은 흡혈까지 하는 것 같군요.

상처에서 피가 잘 멎지 않는다는 것은 상처에 흡혈을 하기 위해 피를 굳지 않게 만드는 어떤 성분이 스며들었다는 것을 의미하는 것이니까요. 무엇보다 이토록 많은 혈익편복이 서식하기엔 여건이 좋지 않아요. 이 동굴에 어떤 생물들이 얼마만큼이나 존재하는지 잘 모르겠지만……."

"어림없다는 말이로군요."

"예. 그렇다고 이런 혹독한 날씨에 밖으로 빠져나가 사냥을 하는 것도 말이 안 되지요. 결국 한 가지 가정밖에 성립되지 않아요."

"어떤 가정인가요?"

북리화가 궁금증을 참지 못하고 물었다.

"이 동굴에 서식하고 있는 혈익편복의 무리는 자연적으로 형성된 것이 아니라 사육됐다는 것이지요."

도극성은 이미 그러리라 예상했지만 북리화와 북해빙궁 사람들은 놀라움을 감추지 못했다.

"사육이요? 이 징그러운 것들을 기른 사람이 있다는 말인가요?"

북리화의 물음에 도극성이 피식 웃음을 터뜨렸다.

"이 비밀 통로를 만들고 이용한 사람들이 누군지 생각해 보십시오. 하면 혈익편복을 사육한 사람들을 금방 알게 될 테니까요."

괴이한 표정으로 잠시 생각에 잠겼던 북리화가 이내 고개를 끄덕였다.

"아, 그랬군요. 그래서 아버지께서 그런 말씀을 하신 거군요."

"무슨 말씀을 하셨습니까?"

"비밀 통로를 지날 땐 반드시 횃불에 유황(硫黃)을 태우면서 이동을 해야 한다고 하셨어요. 이유는 가르쳐 주시지 않았지만 결과적으로 혈익편복을 피하기 위함인 것 같아요. 우리가 이곳을 빠져 나올 땐 분명 혈익편복의 공격을 받지 않았으니까요."

도극성이 영운설에게 고개를 돌리자 영운설이 이해했다는 듯 고개를 끄덕였다.

"유황이 타면서 나는 역한 냄새가 혈익편복의 접근을 막은 것 같네요. 그걸 모르고 추격을 하던 자들은 혈익편복에 당했을 거예요. 북리 소저에게 굳이 이곳에 기관 같은 것을 설치할 필요가 없다고 하신 궁주님의 말씀도 이해가 가고요. 그 정도 숫자의 혈익편복이라면 웬만한 적은 충분히 막을 수 있었을 테니까요."

"죄송해요. 제가 기억을 했어야 했는데."

북리화는 유황을 꼭 준비하라는 부친의 말을 잠시 잊는 바람에 애꿎은 수하들이 피해를 본 것이 안타까운지 고개를 푹

숙이고 말았다.

"지나간 일은 어쩔 수 없는 겁니다. 이제부터라도 정확하게 기억을 하시면 됩니다. 혹시 다른 말씀은 없으셨습니까? 어디에 기관매복이 있고 어떤 식으로 피할 수 있는지 등등 말이지요."

북리화는 힘없이 고개를 흔들며 도극성의 은근한 기대에 부응을 하지 못했다.

"기관매복뿐만이 아니에요. 적이 혈익편복에게 당했다는 것은 비밀 통로의 존재를 알고 있다는 것. 적의 암습도 염두를 해두어야 할 것 같군요."

영운설의 말에 도극성은 고개를 갸웃거렸다.

"한데 적이 있기는 할까요? 혈익편복이 가만두지 않았을 텐데요."

"동굴에서 유황 냄새가 은은히 배어 나오는 것을 보면 혈익편복도 이곳까지는 오지 않았을 거예요. 적은 틀림없이 있어요."

"흠, 그런가요? 각오야 이미 했던 것이지요."

도극성이 다소 굳은 표정으로 구불구불하게 뻗은, 천연과 인공이 뒤섞인 동굴을 바라보며 말했다.

"이번엔 제가 앞장설게요."

영운설의 말에 도극성이 고개를 흔들었다.

혈익편복(血翼蝙蝠) 217

"예? 부상 때문이라면 전 괜찮습니다만."

"아무래도 기관매복이라면 제가 조금은 더 나을 듯해서요."

"알겠습니다. 그리하시지요."

잠시 머뭇거리던 도극성은 이내 고개를 끄덕였다. 비록 기관매복에 문외한은 아니라곤 해도 영운설에 견줄 수준은 아니기 때문이었다. 그렇다고 모든 것을 영운설에게 맡길 생각은 없었다.

"제가 경계를 하지요."

영운설의 바로 뒤에 선 도극성이 검을 비스듬히 세우며 말했다.

"고마워요."

가볍게 고개를 숙인 영운설이 심호흡을 하며 발걸음을 내디뎠다.

도극성이 보호를 하는 한 적의 암습 따위는 무시를 해도 좋을 터. 오직 동굴에 설치되어 있을 기관매복에만 신경을 쓰면 되는 것이었다.

        *   *   *

'오는군.'

조금씩 가까워 오는 발소리를 들으며 비천(飛天)은 미세하게 내뱉고 있던 숨까지 멈춰 버렸다.

오감은 이제 곧 방문을 열고 들어설 목표에게 쏠려 있었고 뇌리엔 마치 한 폭의 그림처럼 목표물의 목을 베어버리는 자신의 모습이 그려졌다.

'한 번에 끝낸다.'

지금껏 마흔두 번의 살행을 완벽하게 성공시킨 비천은 마흔세 번째의 살행 역시 성공하리라 믿어 의심치 않았다.

실패에 대한 두려움 따위는 없었다. 애당초 실패는 있을 수 없는 것. 그저 적당한 긴장감과 그 긴장감 끝에 밀려올 짜릿한 쾌감을 즐기면 되는 것이었다.

덜컹.

문이 열렸다.

은신해 있는 침상 밑에선 상대의 모습이 보이지 않았지만 개의치 않았다.

칼날보다 더욱 날카롭게 곤두선 전신의 감각은 눈으로 보는 것보다 더욱 정확하게 상대의 모습을 형상화시켜 주었다.

목표물이 침상으로 걸어왔다.

술에 취한 것인지 발걸음이 안정적이지 못하고 호흡이 거칠었다.

지금 공격을 할 것인지, 아니면 목표가 침상에 오르기를 기다렸다가 공격을 할 것인지를 결정해야 했다.

지금 공격을 한다면 우선 발목의 심줄을 끊어 주저앉힌 다음 그 즉시 목을 베면 될 것이고 침상에 오른 후에 공격을 한다면 침상 밑으로 해서 심장을 꿰뚫어 버릴 것이다.

'침묵은 생명이지.'

목표물이 하나도 아니고 게다가 적의 심장부에서 은밀함은 곧 생명과 직결되는 문제였다. 행여나 비명이라도 흘러나가게 되면 안전을 장담할 수 없었기에 후자를 택했다.

결정을 내린 후, 비천은 차분히 마음을 달래며 상대가 침상에 오르기만을 기다렸다.

"어, 취한다."

걸걸한 노인의 음성이 들리고 침상을 통해 육중한 무게감이 느껴지자 침상 바닥에 은신하고 있던 비천의 입가에 희미한 미소가 지어졌다. 당장 결행을 하여도 전혀 문제될 것은 없었다. 목표물은 자신의 심장이 꿰뚫리는 순간에도 어찌 된 일인지 이해를 하지 못할 테니까.

하지만 비천은 여유를 가지고 잠시 기다리기로 했다.

몸을 비틀거릴 정도로 술에 취한 상태라면 침상에 오르기가 무섭게 곯아떨어질 것이고 성공할 확률은 그만큼 높아지기 때문이었다.

비천의 예상대로 침상에 육중한 몸을 누인 노인은 금세 잠이 들어 방이 떠나가라 코를 골아댔다.

　노인이 잠든 것을 확인한 뒤에도 일각여를 더 기다린 비천이 가만히 눈을 떴다. 손에는 어느 틈에 준비했는지 단검 한 자루가 들려 있었다.

　비천이 목표물의 심장을 정확하게 가늠하고는 바로 그 밑에 단검을 세웠다.

　모든 준비는 끝났다.

　이제는 목표물의 심장을 단숨에 꿰뚫어 버릴 시간이었다.

　손끝에 힘을 모았다.

　단검에 그 힘을 실어 순간적으로 폭발시키려는 찰나, 누워 있던 노인이 웅얼거리는 소리와 함께 몸을 틀었다.

　막 침상 바닥을 뚫으려던 단검이 그대로 멈췄다.

　'젠장.'

　하필이면 그 순간에 몸을 뒤척일 것은 뭐란 말인가!

　비천은 목표물의 어이없는 행운에 짜증을 내는 대신 그 짧은 순간에도 단검을 멈춘 자신의 실력을 위안 삼으며 다시금 노인의 심장을 노렸다.

　"으으음."

　뜻 모를 중얼거림과 함께 노인의 몸이 또다시 움직이고 비천의 단검 역시 침상 바닥에 닿을 듯 멈춰져 있었다.

　비천의 눈동자에 잔 떨림이 일었다.

들고 있는 단검의 끝이 살짝 흔들렸다.

한 번은 있을 수 있었다. 하나, 두 번의 우연이란 있을 수 없는 법. 그땐 이미 우연이 아니라 필연이었다.

'노출되었다.'

생각을 정리하기까지 걸린 시간은 그야말로 찰나지간, 자신의 존재가 노출되었다고 여긴 비천은 그 즉시 단검을 튕겼다.

침상을 뚫고 들어간 단검이 적의 목숨을 빼앗거나 부상을 입힐 수 있을 것이란 생각은 아예 하지도 않았다. 그저 몸을 뺄 시간만 벌어주면 그걸로 충분했다.

몸을 굴려 침상 밖으로 빠져나온 비천은 목표물의 상태를 확인할 여유도 없이 창문을 향해 몸을 날렸다.

하지만 뛰어오른 비천의 몸은 창문에 도착하기도 전에 작살 맞은 물고기마냥 허공에서 퍼득거리며 힘없이 추락하고 말았다.

"크으으."

바닥에 추락한 비천이 자신의 옆구리에 틀어박힌 단검을 보며 입술을 꽉 깨물었다. 시간을 벌려고 던진 단검이 오히려 무시무시한 무기가 되어 자신의 발목을 잡은 셈이었다.

"고얀 놈 같으니. 남의 방에 기어들어 왔으면 최소한 낯짝은 보여야 할 것 아니더냐?"

비천의 고개가 노인을 향해 천천히 움직였다.

두 번의 암살기도를 가볍게 피하고 너무도 쉽게 자신을 제압한 노인을 바라보는 비천의 얼굴이 딱딱하게 굳었다.

눈앞의 노인은 결코 평범한 인물이 아니었다.

여전히 술에 취한 듯 침상에 걸터앉은 몸을 앞뒤로 흔들거리고 있었지만 그저 바라보는 것만으로 비천은 숨을 쉬기가 힘들었다.

허술해 보였고, 너무도 많은 빈틈을 보여 당장에라도 손을 쓰면 목숨을 빼앗을 수 있을 것 같았음에도 그 이면에 보이는 거대한 힘에 의해 손가락 하나 꼼짝할 수가 없었다.

노인에게선 그야말로 절대고수의 향기가 느껴졌다.

'빌어먹을. 하필이면 이런 고수를… 운도 지지리도 없지.'

비천은 절대로 무리하지 말고 상대할 수 있는 자만을 골라 암살하라던 곽월의 말을 떠올리며 자신의 불운을 한탄할 수밖에 없었다.

"너는 누구냐? 북해빙궁에서 온 것 같지는 않고……."

가만히 비천을 살피던 노인이 고개를 주억거렸다.

"대정련에서 왔다기에 그런 줄은 알고 있었지만 설마하니 살수가 나를 찾을 줄은 몰랐는걸."

"……."

"어쨌건 살수들이 움직이는 것을 보니 공격이 임박한 모양이구나. 공격 전에 이쪽을 조금 흔들어보겠다는 심산이겠고."

입을 꽉 다물고 스스로 자문자답을 하는 노인을 살피는 비천의 눈은 언제 당황을 했느냐는 듯 무서울 정도로 착 가라앉아 있었다.

암살은 실패를 했고 치명적인 부상까지 당한 상황에서 살수가 선택할 수 있는 길은 오직 하나뿐이었다.

'먼저 갑니다, 루주.'

곽월의 살찐 얼굴을 잠시 떠올린 비천이 노인 몰래 힘을 끌어모았다.

살수라면 누구라도 하나쯤은 숨기고 있는 최후의 비기.

목숨으로 시전하는 것이니만큼 같이 죽지는 못해도 최소한 큰 부상은 입힐 것이라 생각했다.

그러나 죽림의 봉공 나백이란 노인의 강함은 비천이 상상하는 그 이상이었다.

최후의 한 수를 폭발시키려던 비천은 그 자신도 인식하지 못하는 사이 목이 꺾여 절명하고 말았다.

"고얀 놈 같으니."

언제 움직였냐는 듯 나백은 여전히 침상에 걸터앉아 몸을 흔들고 있었다.

*   *   *

 "그게 지금 무슨 소리냐? 누가 당해?"

 봉명은 북해빙궁에서, 정확히 말하자면 은밀히 잠입을 한 초혼살루의 살수들에게 수하들이 속속 암살을 당했다는 보고를 접하면서도 분개는 할지언정 지금처럼 놀라지는 않았다. 하나, 다른 누구도 아닌 아홉 봉공 중 한 명이 처소에서 암살을 당했다는 양극경의 보고는 그를 경악케 하기에 충분했다.

 "정녕 묵 봉공께서 변을 당하셨단 말이냐?"

 봉명이 결코 믿을 수 없다는 표정으로 다시 물었지만 그 모든 것이 자신의 잘못인 양 고개를 숙이고 있는 양극경의 대답은 한결같았다.

 "예. 확인 결과 묵 봉공이 틀림없었습니다."

 "망할!"

 봉명은 치미는 노화를 이기지 못하고 앞에 있는 탁자를 후려쳤다. 단단하기가 천하에 으뜸이라는 철단목이 쩍 갈라지며 힘없이 무너졌다.

 "아무리 초혼살루가 대단하다지만 설마하니 묵 봉공께서 당하실 정도란 말이냐?"

 "……."

 북해빙궁 안의 경계를 책임진 양극경은 입이 열 개라도 할 말이 없었다.

"그 늙은이들은 어찌 되었느냐? 행방은 찾았느냐?"

"아직 찾지 못했습니다. 송구합니다."

"멍청한! 대체 네놈이 할 줄 아는 것이 무엇이란 말이냐? 중요한 인질이라고 그토록 강조를 하였건만 두 눈을 멀쩡히 뜨고 놓치질 않나, 또 실수 따위가 활개를 쳐도 한 놈도 잡아들이지 못하니 말이다."

봉명의 무시무시한 눈이 양극경의 정수리에 꽂혔다. 딱히 어떤 행동을 한 것은 아니었지만 양극경은 그 시선만으로도 숨이 막힐 지경이었다.

양극경이 아무런 대답을 하지 못하자 봉명은 그에게 향한 살기를 한층 배가시켰다.

"으으으."

고통에 신음하는 양극경을 보면서도 말리는 사람은 아무도 없었다. 그 상황에서 말려봤자 괜한 불똥이 자신에게 쏟아질 것을 걱정하였고 말린다고 해도 들을 봉명이 아니었기 때문이었다.

금방이라도 숨이 넘어갈 것 같은 양극경을 구한 사람은 의사청 밖에서 들어온 나백이었다.

"그만두거라. 저 아이의 잘못만은 아니니까."

손을 한 번 휘젓는 것으로 양극경을 향한 살기를 해소시킨 나백이 자리에 앉았다.

"묵 봉공께서 당하셨습니다."

"안다. 지금 보고 오는 길이다."

반 시진 전까지만 해도 함께 술잔을 기울이던 묵종악(墨琮岳)의 죽음에 나백의 심기는 상할 대로 상해 있었다.

"많이 취하신 겁니까? 그렇지 않고서야……."

"아니, 취하지 않았다. 아무리 술을 좋아하는 인사라 해도 언제 적이 몰려올지 모르는 상황에서 취할 정도로 마시지는 않아. 오히려 많이 마신 것은 노부였지."

"아, 어르신께서도 암습을 받으셨단 보고는 받았습니다."

"그래. 꽤나 실력있는 놈이었다. 방으로 들어가 침상에 누울 때까지도 전혀 눈치를 채지 못했으니까. 만약 놈이 조금만 더 침착했다면 노부 역시 크게 당할 뻔했다."

"그… 정도였습니까?"

봉명이 두 눈을 휘둥그레 치켜뜨며 되물었다.

"초혼살루의 위명이 어째서 천하를 진동시키는지 알 만하더구나. 더구나 종악 그 친구의 몸에 난 상처는… 난 지금껏 그토록 깨끗한 상흔은 본 적이 없다. 왼쪽 목에서 시작하여 심장을 가르고 지나간 검흔은 정말 경악할 만한 수준이었어."

묵종악의 시신을 다시금 떠올리는 나백의 얼굴에 잔경련이 일었다.

"별다른 반항도 해보지 못한 것 같더구나. 어쩌면 죽는 순간에도 자신이 누구에게, 어떻게 당한 것인지 모를 수도 있었겠지."

입을 쩍 벌린 봉명은 아무런 말도 하지 못했다.

죽림에서도 손꼽히는 고수 나백이 그리 판단했다면 틀림없을 것이다. 문제는 묵종악 역시 나백에 필적하는 실력을 지니고 있다는 것이었다.

"초혼살루에 묵혈이라는 살수가 있다고 들었다. 세간에선 그를 천하제일살수로 여긴다더군. 아마도 그자의 실력일 게다."

"아무리 그렇다지만 어찌 살수 따위가……."

봉명은 여전히 인정하고 싶지 않은 모습이었다.

"천하제일이란 말이 아무에게나 붙을 수 있는 말이더냐? 비록 살수일지는 모르나 그만한 실력을 지닌 게야. 이미 증명이 되었고."

"……."

"살수가 침입을 했다는 것은 곧 적의 공격이 임박했다는 것을 의미하는 것. 별다른 소식은 없더냐?"

나백의 말에 아랫입술을 살짝 깨문 봉명이 대답했다.

"그렇지 않아도 연락이 왔습니다. 삼대세력의 병력이 일제히 이곳으로 몰려오고 있다고 하더군요. 조만간 설왕곡(雪王

谷)에서 북해빙궁과 합류할 것 같습니다."

"피해는?"

"그동안 포섭한 자들이 모조리 제거되었고 삼대세력을 감시하기 위해 파견한 수하들 중 칠 할 정도가 당했습니다."

"칠 할이라면……."

"삼십 정도 됩니다."

"꽤 많군. 하긴, 저들 나름대로 철저하게 준비를 했을 것, 그만큼이나 살아남은 것이 다행이구나. 어쨌거나 저들의 움직임을 확인했으니 이제 현검단과 적검단이 움직일 차례로구나."

"예. 이미 출동준비를 마치고 여러 봉공님들께도 전갈을 넣었습니다."

"총령은 어찌할 생각이냐?"

순간, 봉명의 눈동자에서 혈광이 뿜어져 나오다 사그라들었다.

"원래는 멀리서라도 싸움을 지켜볼 생각이었지만 아무래도 이곳에 남아야 할 것 같습니다. 살수 놈들은 그렇다 쳐도 삼대세력의 수장들이 사라졌으니 뭔가 수작을 꾸밀 것이 틀림없습니다."

나백이 가만히 고개를 끄덕이며 동의를 표했다.

"옳은 판단 같구나. 전방도 중요하지만 후방이 안정되어야 제대로 된 싸움을 할 수 있는 것이지."

"예. 해서 적의 퇴로를 차단하기로 되어 있던 숙검단에서도 일부 인원을 차출했습니다. 아무래도 현검단만으로는 믿을 수가 없어서 말이지요."

봉명이 여전히 납작 엎드리고 있는 양극경을 힐끗 바라보며 말했다.

"노부도 이곳에 남을 생각이다. 인질들이 영 마음에 걸려."

말을 마치는 것과 동시에 나백이 자리에서 일어났다.

"바로 가보시렵니까?"

"미리 둘러볼 생각이다."

"그럼 부탁드리겠습니다, 어르신."

"총령도 조심해라. 내 누구보다 총령의 강함을 알고 있지만 결코 방심해선 안 돼. 살수는 바로 그 방심을 파고드는 자들이니 말이야."

"명심하겠습니다."

봉명이 정중히 허리를 숙이며 대답을 했다.

예전 같으면 콧등으로도 흘려듣지 않을 말이었지만 묵종악이 당한 이상 나백의 경고는 단순한 노파심이 아니었다.

第七十二章

밀옥(密獄)

 나이 열아홉에 북해빙궁의 주력이라 할 수 있는 한설당의 일원이 되고 서른셋이라는 역대 최연소의 나이로 당주에 오른 주운경은 눈앞에서 펼쳐지는 광경에 넋을 잃을 지경이었다.

 지금껏 실력을 과신한 적은 없었지만 그렇다고 또래의 그 누구에게도 뒤진다고 여긴 적도 없었던 주운경의 자부심은 두 사람으로 인해 철저하게 무너졌다.

 그의 기준에서 볼 때 자신의 눈으론 아무리 살펴보아도 알 수가 없었던, 동굴 요소요소마다 은밀히 설치되어 있던 기관진식을 정확하게 짚어내고 파괴하는 영운설과, 그녀를 도와 기관을 무력화시키는 것은 물론이고 암습을 해오는 죽림의 암살자들을 완벽하게 막아내는 도극성의 능력은 인간의 것이라 하기엔 너무도 엄청난 것이었다.

"혈익편복을 상대할 때 느끼기는 했지만 이건 뭐 대단하단 말로도 표현이 안 되는군."

주운경은 기관을 해체하고 있던 영운설의 머리 위로 떨어져 내리는 암살자 셋을 또다시 일검으로 격퇴하는 도극성의 모습을 보며 허탈한 표정으로 고개를 흔들었다.

아군의 입장에서 보는 주운경의 심정이 그러할 정도니 그들을 상대하는 적의 심정은 말로 표현할 길이 없었다.

온갖 기관진식으로 도배되어 있는 비밀 통로는 인간의 힘으로 도저히 뚫을 수 없다고 여기고 있던 적검단 부단주 가극은 엄청난 속도로 파괴되는 기관진식과 더불어 속절없이 쓰러지고 있는 수하들을 바라보며 기가 막힐 뿐이었다.

그들이 어떤 수하들인가?

적검단을 비롯하여 각 단에서 뛰어난 자들을 고르고 골라 차출한 인재들이었다. 비록 그 숫자는 삼십이 채 안 됐지만 전력만으로 따지자면 어디에 내놓아도 꿀리지 않을 정도였다. 하지만 겨우 두 사람을 막지 못해, 그것도 기관진식을 파괴하느라 힘을 분산시키고 있던 자들을 막지 못하고 있었다.

아니, 막지 못하는 것이 아니라 철저하게 무너지고 있었다. 그것도 예상보다 너무도 빠른 시간 안에.

"전령은 보냈느냐?"

적에 대한 두려움, 공포, 분노, 수하들에 대한 안타까움, 연민 등으로 만감이 교차하는 표정을 짓고 있던 가극이 물었다.

"예. 조금 전에 보냈으니 지금쯤이면 도착했을 겁니다."

"보고가 올라간 이상 저들이 아무리 뛰어난 능력을 지니고 있다 해도 원하는 것을 얻지는 못할 것이다. 하지만 그러기 위해서라도 우리는 저들의 발을 최대한 묶어야 한다. 그것이 불가능하다는 것을, 삼십 중 겨우 살아남은 여섯의 목숨 모두를 버려도 힘들다는 것은 알지만 그래도 해야 한다. 각오는 되어 있느냐?"

"물론입니다."

최악의 상황을 맞이하기는 했어도 그들 모두는 죽림의 정예들이었다. 항명을 하거나 두려운 표정을 짓는 사람은 단 한 명도 없었다.

결연한 표정으로 수하들과 일일이 얼굴을 마주친 가극이 몸을 빙글 돌렸다.

"저승에서 보자."

그 한마디를 끝으로 가극은 마지막 남은 기관진식을 파괴하고 들이치는 영운설과 도극성을 향해 몸을 날렸다. 그의 뒤로 다섯 사내가 맹렬한 기세를 뿜내며 따라붙었다.

"좌측은 제가 맡겠습니다."

"그럼 저는 우측이군요."

가극을 중심으로 좌우측을 나눈 영운설과 도극성이 마치 합격술을 시전하듯 매화십이검과 무극진천검법을 펼쳤다.

화려하면서도 날카로운 기세를 자랑하는 매화만개(梅花滿開)의 초식과 단순하기는 해도 그 위력만큼은 천하일절이라 할 수 있는 무극진천검법의 열결벽력이 묘한 조화를 이루며 동굴 전체를 휩쓸고 지나갔다.

두 절대자의 합공에 노출된 여섯 명의 무인들은 변변한 대항은커녕 비명도 제대로 지르지 못하고 숨이 끊어졌다. 시신 역시 온몸이 끔찍하게 난자되어 형체를 제대로 찾기가 힘들 정도였다.

속전속결을 위해 다소 과하게 손을 쓰기는 했지만 그래도 눈앞의 시신들을 바라보는 영운설과 도극성의 안색은 그다지 좋지 않았다.

그것도 잠깐이었다.

적과 조우하는 순간, 구출대의 행적은 이미 노출된 것이나 다름없었다. 머뭇거릴 틈이 없었다.

"어느 쪽입니까?"

도극성이 시신 뒤로 뚫려 있는 세 갈래 길을 가리키며 말했다.

"중앙은 궁주의 침소로, 우측은 집무실로 이어지고 왼쪽 길이 지하 밀옥(密獄)과 연결되어 있어요. 다른 두 곳과는 달리 밀옥의 출입문까지는 이제 금방이에요."

북리화의 손짓에 영운설이 좌측 길을 향해 성큼 걸어갔다. 도극성과 지금껏 멍한 눈으로 둘의 활약을 지켜보던 북해빙궁의 무인들이 그 뒤를 따랐다.

고작 한 사람 정도가 겨우 지나갈 수 있을 정도로 좁아진 동굴은 온전히 사람의 힘으로 뚫은 것을 보여주기라도 하듯 좌우 벽면이 매끈할 정도로 손질이 잘되어 있었다.

신중하게 걸음을 옮기던 영운설의 발걸음이 마침내 마지막에 이르렀다.

"벽을 밀면 돼요."

북리화의 말에 조심스럽게 벽면을 살피던 영운설이 고개를 끄덕이고 그녀와 눈짓을 주고받은 도극성이 북리화 등에게 말했다.

"적이 기다리고 있군요. 다들 조심하는 것이 좋을 것 같습니다."

벽면 뒤로 무수히 많은 적이 살기를 뿌리고 있다는 것은 북해빙궁의 무인들 역시 느끼고 있는 것. 도극성의 말에 다들 긴장감 가득한 얼굴로 무기를 잡은 손에 힘을 주었다.

"우선은 제가 길을 뚫겠습니다."

벽면 앞에 선 도극성이 검을 곧추세우자 검끝에서 청광이 뿜어져 나와 검과 그의 몸을 감쌌다.

"하앗!"

힘찬 기합성과 함께 검을 내려치는 도극성.

검끝에서 쏘아져 나간 검기에 동굴을 막고 있던 벽면이 산산조각나고 그 무수한 파편이 검기의 흐름에 이끌려 전방으로 쏟아졌다.

"크아악!"

"컥!"

문밖에서 침입자들이 나오기만을 기다리던 자들이 갑작스레 날아든 파편을 온몸에 뒤집어쓰고 쓰러졌다.

파편에 맞고도 목숨을 부지한 사람은 바로 이어진 도극성의 공격에 모조리 절명하고 말았다.

"막아랏!"

"쏴라!"

비명과도 같은 명령이 곳곳에서 터져 나오고 통로 밖으로 몸을 노출한 도극성을 향해 무수한 화살 세례가 쏟아졌다.

홀로 적진 한가운데로 뛰어들 때부터 만반의 준비를 하고 있던 도극성은 전신을 호신강기로 두르고 무극진천검법 중에서도 가장 살상력이 큰 운룡분염을 시전했다. 위력이 큰 만큼

소모되는 내공 역시 상당했지만 삼원무극신공의 대성을 눈앞에 둔 지금 그 정도는 충분히 감내할 여력이 있었다.
 우우우웅!
 대기가 진동을 하며 주변의 공기가 모조리 도극성에게 쏠리는가 싶더니 그의 검끝에서 어느 순간, 아홉 개의 고리가 모습을 드러냈다.
 지금껏 그와 같은 경지를 보지 못했던 이들은 지금 도극성이 만들어낸 현상이 무엇인지 알지 못했다.
 하지만 몇몇은, 특히 나백보다 먼저 밀옥으로 발걸음을 돌렸던 봉공 조무(趙舞)는 그것이 어떤 경지인지 너무도 잘 알고 있었다. 그 역시 검환을 만들 수 있었기 때문이었다.
 하나, 그의 경지는 고작 서너 개의 검환을 만들어낼 수 있는 수준으로 도극성이 이룬 성취에 비하면 조족지혈(鳥足之血)에 불과했다.
 "거, 검환? 이런 젠장할!"
 검으로써 궁극에 이른 자들이나 사용한다는 검환, 이제 겨우 그 오의를 깨달아 가던 조무는 생각지도 못한 장소에서 자신이 꿈꾸는 경지와 맞부딪치게 되자 암담할 수밖에 없었다.
 물러설 곳은 없었고, 평생을 검사로 달려온 자존심 때문에라도 물러서지 못했다.
 콰콰콰콰쾅!

검의 끝을 보고 있는 두 명의 검수가 일으킨 검환이 허공에서 부딪치고 그 힘의 파장이 사방 이십여 장이 넘는 밀옥을 뒤흔들었다.

요란한 소리와 함께 밀옥을 떠받치던 몇몇 기둥이 무너져 내렸다. 화강암의 벽은 물론이고 심지어 천장까지 균열이 갔다.

단단하기가 이를 데 없는 화강암의 벽이 그러할진대 파장에 휩쓸리다시피 한 인간들이 버텨낼 수는 없었다.

어육이 되다시피 한 시신이 사방에 널브러졌다.

개중 무공이 강한 자들이나 미리 몸을 피한 자들, 그리고 도극성에게 정면으로 맞섰던 조무의 후미에 있던 자들 십여 명을 제외하곤 대다수가 목숨을 잃고 말았다. 도극성과 조무의 충돌에 무려 삼십 명이 넘는 인원이 목숨을 잃은 것이었다.

"크으으으."

조무의 입에서 가래 끓는 소리가 흘러나왔다.

검에 의지해 간신히 버티고 있던 조무의 고개가 밑으로 향했다.

왼쪽 팔이 어깨부터 뜯겨져 나갔고, 그 밑으로 가슴이며, 허리 쪽은 완벽하게 짓뭉개져 형체를 알아보기 힘들 정도였다.

"크크크, 역시 안 되는 것인가."

애당초 상대가 되지 않음을 알고 있었지만 설마하니 일초 지적도 되지 못할 줄은 생각도 못했던 조무는 허탈한 웃음과 함께 서서히 무너져 내렸다.

"후우."

쓰러진 조무와 찢어져 피가 배어 나오는 손아귀, 한 움큼이나 뜯겨져 나간 옆구리를 응시하는 도극성의 입에서 짧은 한숨이 흘러나왔다.

처음부터 전력을 다했고 상대가 제대로 준비를 하지 못했기에 망정이지 만약 제대로 된 싸움을 벌였다면 조무는 결코 만만한 상대가 아니었다.

그것은 단순히 검환을 몇 개 만들어내느냐 하는 문제가 아니었다.

조무에겐 목숨을 잃는 순간에도 최후의 힘을 짜내 옆구리에 부상을 입힐 수 있는 저력이 있었다. 물론 약간의 방심이 초래한 결과이기는 하나 어쨌건 그것은 조무의 집념이 만들어낸 상처였다.

"괜찮아요?"

어느새 다가온 영운설이 옆구리의 상처를 돌보는 도극성을 걱정스레 바라보았다.

"큰 부상은 아닙니다."

지난날, 암흑마교와의 싸움에서 이보다도 훨씬 큰 부상을 당했던 도극성은 그다지 대수로울 것도 없다는 듯 웃어 보이며 주변을 돌아보았다.

그와 조무의 싸움에서 살아남은 자들은 이미 북해빙궁의 무인들에게 모조리 제압을 당한 상태였다. 물론 그들 중 태반은 영운설의 검에 고혼이 돼버렸지만.

"생각보다 인원이 적군요."

"그러게요. 우리가 이곳을 노리는 것을 모르지는 않았을 텐데요."

영운설은 일이 너무 쉽게 풀리자 오히려 경계의 빛을 띠었다.

"아무래도 병력이 분산되었을 테니까요. 어쩌면 곽월 녀석과 수하들의 활약 때문일 수도 있겠군요."

곽월을 언급하는 도극성의 안색은 그다지 밝지 못했다. 그만큼 그들이 맡은 임무가 위험했다.

"그나저나 이것 참……."

비밀 통로를 통해 밀옥을 완벽하게 장악하는 데 성공한 도극성은 밀옥이라는 명칭과는 전혀 어울리지 않는 주변 환경을 둘러보며 고개를 갸웃거릴 수밖에 없었다.

밀옥엔 조금 전 싸움이 벌어졌던 중앙 광장을 중심으로 장정 대여섯 명은 능히 생활할 수 있는 방이 수십 개가 존재했는데, 방마다 침상과 탁자를 비롯한 간단한 가재도구들이 놓여 있었고 방문 역시 쇠창살이 아니었다.

보통 죄수들을 감금해 놓는 감옥은 음침하며 지저분하고 열악한 환경임을 감안했을 때 밀옥은 감옥이라 하기엔 어딘지 모르게 이상한 점이 많았다.

"생각보다 상태가 양호하군요."

"아무래도 그렇겠지요. 인질이기는 하나 북해의 세력을 얻고자 하는 죽림이다 보니 막 대하지는 못했을 거예요. 거주하는 환경도 최선으로 마련해 주었을 것이고."

"그래도 생각 밖입니다. 이건 뭐, 감옥이라고 하기보다는 차라리 무슨 객점의 객실이라 칭하는 것이 어울릴 정도입니다."

도극성이 여전히 이해를 하지 못하겠다는 표정을 지을 때 북리화가 그의 곁으로 다가왔다.

실행을 하면서도 가능성이 낮다고 여겼던 작전을 무사히 성공시켰다는 기쁨 때문인지 북리화의 얼굴은 흥분으로 붉게 상기되어 있었다.

"근래에 들어 통상적으로 밀옥이라 불리기는 하지만 감옥은 아니니까요."

더욱더 이해할 수 없다는 도극성의 얼굴을 보며 살짝 미소를 지은 북리화가 설명을 이어갔다.

"원래 이곳의 용도는 대피소였어요."

"대피소요?"

"네. 북해빙궁이 어떤 위험에 처했을 때 식솔들을 대피시키는 대피소."

"아!"

"저는 잘 모르지만 과거엔 이곳에 이백여 명의 인원이 최소한 한 달은 능히 견딜 수 있는 식량과 물건들이 비축되어 있었다고 했어요. 곧 아시게 되겠지만 밀옥의 입구는 꽤나 좁고 미로처럼 되어 있어 손쉽게 통과하기 힘들지요. 또한 곳곳에 기관매복이 존재해서 그 어떤 적들도 함부로 뚫고 들어올 수 없다고 했어요. 지금껏 단 한 번도 그런 용도로 사용된 적은 없었지만. 아, 또 하나의 용도는 바로 백사풍의 비밀 연무장으로 쓰인다는 것이지요."

"그랬군요."

도극성과 영운설이 동시에 고개를 끄덕였다.

대화를 나누는 사이 밀옥에 감금(?)되어 있던 인질들이 모조리 모였다.

밀옥에 갇혀 있던 인원은 거의 칠십 명 정도였는데 북해빙궁의 최강의 전력 백사풍의 대원 사십팔 명을 제외한 나머지 사람들은 삼대세력 수장의 식솔들이었다. 원래는 백여 명이 넘는 인원이 인질이 되어 있었지만 그들에 대한 죽림의 유화

정책으로 대다수가 풀려난 상태였다. 그러나 남아 있는 자들 모두가 직계가족인데다가 장자와 장손들이 모조리 구금되어 있어 삼대세력에 미치는 영향은 막대했다.

풀려난 인질 중 한 사내가 북리화를 향해 걸어오며 감격 어린 표정을 지었다.

"네가 왔구나."

"오라… 버니, 무사하셨군요."

사내를 바라보는 북리화의 눈가는 이미 젖어 있었다. 그런 북리화를 가만히 안아준 사내가 도극성과 영운설을 향해 포권을 했다.

"북리혼(北里琿)이라 합니다."

북리화가 재빨리 설명을 했다.

"사촌 오라버니세요. 더불어 백사풍의 수장이기도 하고요."

"도극성입니다."

"영운설이라 해요."

도극성과 영운설이 마주 포권하며 예를 차렸다.

"한설당주님께 상황은 전해 들었습니다. 밀옥에 있는 모든 이들을 대신해서 진심으로 감사드립니다."

"서로 돕고자 함이니 마음 쓰지 마세요. 한데 다들 몸은 괜찮으신 건가요?"

영운설의 물음에 북리혼의 얼굴이 살짝 일그러졌다.

"아시다시피 독에 당한 터라……."

"해독제는 가지고 왔어요."

북리화의 말에 북리혼이 고개를 흔들었다.

"우리가 당한 독은 다른 이들이 당한 독과는 조금 다르다. 어느 정도 도움이 되는 듯싶었는데 완전하게 해독을 시키지는 못했다."

주운경으로부터 전해 받은 해독제를 사용해 보았지만 기대만큼 큰 효과를 보지 못한 북리혼이 씁쓸히 한숨을 내쉬었다.

"어, 어떡해요. 그럼."

당연히 해독을 시킬 수 있을 것이라 여겼던 북리화도 실망을 금치 못하고 거의 울 듯한 표정으로 발을 동동 굴렀다.

"아직 실망하기는 일러요. 어쩌면 저들에게서 좋은 소식을 들을 수도 있는 것이니까요."

영운설이 한쪽 구석에 무릎을 꿇고 있는 포로들을 가리키며 말했다. 주운경이 그들 앞에 서 있는 것을 보면 심문이 시작된 것 같았다.

하지만 포로가 된 자들 역시 죽림의 정예들. 그들로부터 정보를 얻기란 쉬운 것이 아니었다.

주운경은 밀옥이 떠나가라 소리치고 온갖 위협을 하고 때로는 구슬리기도 해보았지만 별다른 효과가 없는 듯했다.

결국 주운경은 단순한 위협이 아닌 실질적인 행동으로 그들을 압박하기 시작했다.

"크헉!"

짧은 비명 소리와 함께 방금 전 주운경에게 비웃음을 흘리던 포로가 그대로 고꾸라졌다.

동료의 죽음을 보는 이들의 눈동자가 잠시 흔들렸지만 그것도 잠시, 어느새 평정심을 회복한 포로들은 할 테면 해보라는 식으로 오히려 주운경의 화를 돋았다.

상황이 그리되자 오히려 난처해진 것은 주운경이었다. 성질 같아선 모조리 목을 베어버리고 싶었지만 그들에게서 해독제를 알아내지 못하면 이곳까지 잠입해 백사풍을 구한 의미가 없기 때문이었다.

"안 되겠군요."

세 명이나 되는 포로의 목숨을 빼앗았음에도 별다른 성과를 거두지 못하자 잔뜩 눈살을 찌푸리고 지켜보던 영운설이 앞으로 나섰다.

주운경은 다른 사람도 아니고 영운설이 포로들의 심문을 원하자 두말없이 자리를 비켜주었다. 함께한 시간은 극히 짧았지만 비밀 통로의 기관진식을 그토록 짧은 시간에 완벽하게 무력화시킨 영운설의 능력은 그로 하여금 절대적인 믿음을 가능케 했다.

 주운경을 대신해 포로들의 심문에 나선 영운설은 별다른 말도, 행동도 하지 않고 여섯 명의 포로들을 가만히 응시했다.

 포로들에게서 적의는 보이지 않았다. 그저 '어떤 방법으로도 우리의 입을 열 수는 없다'라는 결의에 찬 눈빛으로 그녀를 바라볼 뿐이었다.

 가볍게 숨을 내뱉은 영운설이 가장 먼저 한 일은 그들을 각 방에 뿔뿔이 분산시키는 것이었다. 이후, 몇 가지를 더 주문했는데 사람들은 주운경의 당황하는 얼굴에서 그녀가 요구한 것이 꽤나 엉뚱하고 놀라운 것이라는 것을 미루어 짐작했다. 그리고 그들의 추측은 포로들이 각 방으로 분산되고 정확하게 일각 후에 사실로 드러났다.

 "으아아악!"

 난데없는 비명이 밀옥을 뒤흔들었다.

 깜짝 놀란 이들이 비명의 근원을 찾아 좌우로 시선을 돌리고 이내 목에 핏대까지 세워가며 미친 듯이 소리를 지르는 사내를 발견할 수 있었다. 그는 다름 아닌 주운경을 따라 구출대에 참여한 북해빙궁의 무사였다.

 그가 무엇 때문에 그런 행동을 하는지 이해하기도 전에 그 옆에 있던 사내가 또다시 비명을 질러댔다.

그렇게 약간의 시차를 두고 다섯 번의 비명이 밀옥에 울려 퍼진 후에야 영운설은 포로가 갇힌 첫 번째 방으로 들어갔다.

"아!"

비로소 영운설의 의도를 파악한 도극성이 무릎을 치고, 뒤이어 북리혼도 탄복한 얼굴로 고개를 끄덕였다.

"왜요? 무엇 때문에 군사께서 저런 행동을 하시는 건데요?"

북리화가 궁금증을 참지 못하고 묻자 북리혼이 여전히 감탄을 금치 못한 표정으로 설명을 했다.

"어차피 저들은 죽음을 각오한 자들이다. 웬만한 협박이나 고문으론 우리가 원하는 답을 얻지 못해. 아니, 얻을 수 있다고는 해도 시간이 많이 걸릴 거야. 그렇게 되면 아무런 소용도 없다는 것은 알지?"

"예."

북리화가 재빨리 고개를 끄덕였다.

"그런 이유 때문에 군사께선 간단한 심리전을 펼치신 거다. 방에 갇힌 자들은 다섯 번의 비명 소리를 들었고 자신을 제외한 모든 동료가 목숨을 잃었다는 착각을 하고 있을 거다. 그 정도면 제법 심리적 압박을 느끼고 있을 터."

"그때 회유를 하겠다는 거군요. 목숨을 담보로."

"그래."

"그래도 쉽게 얘기를 할까요? 죽음도 두려워하지 않는 자들이었잖아요."

"사람은 여럿일 때와 혼자일 때의 행동, 사고방식이 천양지차야. 함께 있음으로써 용기를 얻고 굳은 의지를 지닐 수 있지. 죽음의 공포까지도 이겨낼 수 있고. 또한 동료들이 보는 상황에서 먼저 배신을 한다는 것은 쉽지 않은 일이다. 한데 지금껏 믿고 의지하며 죽음까지 함께하고자 했던 동료들이 모두 사라지고 자신만 남았다면 그는 어떤 선택을 할까?"

북리혼이 단언하듯 말했다.

"사람인 이상 반드시 흔들리게 되어 있어. 그리고 군사라면 그 틈을 반드시 헤집고 들어갈 수 있을 거다."

"처음부터 한 사람만 남기고 모조리 베어버렸으면 더 빠르지 않나요?"

거듭되는 북리화의 대답에 도극성도 한마디 거들고 나섰다.

"그건 확률의 문제입니다."

"확률이요?"

"예. 만약 마지막 남은 사람이 실로 굳건한 의지를 지닌 자라면, 그 어떤 두려움과 공포심도 이겨내고 끝까지 신의를 지키는 자라면 어찌 되는 걸까요?"

북리화가 쉽게 대답을 못하고 머뭇거리자 도극성이 가볍

게 웃으며 말했다.

"모조리 베어버리고 한 사람만 남는다면 선택의 여지가 없지만 지금과 같은 상황이라면 다섯 번의 기회가 더 있는 셈이지요. 그리고 그중 한 명은 분명히 넘어올 겁니다."

도극성의 예측은 영운설이 두 번째 방에서 나와 더 이상 세 번째 방으로 들어가지 않는 것으로 증명되었다.

도극성이 묵묵히 걸어오는 영운설을 향해 물었다.

"성공한 겁니까?"

"예."

"그럴 줄 알았습니다."

"성공은 했지만 어쩌면 일이 더 어려울 수도 있겠어요."

영운설의 힘없는 대꾸에 북리화가 화급히 물었다.

"어렵다니요? 그럼 이곳에 해독제가 없는 건가요?"

"아니요. 해독제는 존재하지 않았어요."

북리화는 물론이고 북리혼까지 깜짝 놀라는 모습을 본 영운설이 한숨을 내쉬었다.

"애당초 중독되지 않았으니 해독제가 없을 수밖에요."

"말도 되지 않습니다. 우리는 분명 중독이 되었습니다. 내공을 일으키면 마치 모래성이 무너지듯 흔적도 없이 사라지고 맙니다. 독이 아니고서야 어찌……."

"처음엔 독에 중독이 되었겠지요. 그러나 지금은 아닙니다. 지금 여러분들을 구속하고 있는 것은 독이 아니라 또 다른 금제(禁制)입니다."

"금… 제라 하시면 대체 어떤?"

북리혼이 당혹한 음성으로 물었다.

"대답을 드리기 전에 우선 질문을 하나 드릴게요. 혹, 저들에게 혈을 제압당하거나 아니면 직접적으로 금제를 당한 적이 있나요?"

잠시 생각을 하던 북리혼이 고개를 흔들었다.

"독에 중독되어 내공을 잃은 상황에서 어떤 대항을 할 수 있었겠습니까? 굳이 손을 쓸 필요도 없었지요. 제가 아는 한 딱히 혈을 제압당하거나 그러지는 않은 것 같습니다. 또한 이런 한심한 꼴이 되었지만 저들이 몸에 수작을 부린다는 것을 모를 정도로 멍청하지는 않으니까요."

"하지만 우리가 모른 것일 수도 있습니다, 대형."

백사풍의 수장 북리혼의 왼팔이라 불리는 단파(段芭)가 가만히 입을 열었다.

"그게 무슨 소리냐? 우리가 모르는 것일 수도 있다니?"

"가만히 기억을 떠올려 보면 우리 모두가 짧게나마 정신을 잃은 적이 있었습니다."

"정신을 잃어? 그게 무슨… 아!"

반문을 하려던 북리혼이 뭔가를 떠올렸는지 신음과도 같

은 탄성을 흘렸다.
"정말 정신을 잃은 적이 있었나요? 굉장히 중요한 사항입니다."
 영운설의 물음에 북리혼이 고개를 끄덕였다.
"아마도 그랬던 것 같습니다. 빙궁이 놈들에게 완벽하게 장악을 당하고 얼마 후, 밀옥에 갇혔던 삼대세력의 식솔들 중 직계가족을 제외한 대부분의 인원이 풀려난 적이 있었습니다. 그리고 놈들은 남은 우리를 위로하기 위함인지, 아니면 환심을 사기 위함인지 상당량의 술을 제공했습니다. 저희들은 그 술과 함께 그동안의 울분을 밤새도록 토해냈지요."
"그날, 멀쩡했던 사람은 단 한 명도 없었습니다."
 단파가 한마디를 거들었다.
"그랬다면 바로 그날이었군요. 여러분들의 몸에 금제가 가해진 것이."
 단정적인 영운설의 말에 북리혼과 단파는 허탈한 웃음을 흘리고 말았다.
"미끼로 던져 준 쥐약을 그야말로 덥석 물은 셈이군. 오장육부가 썩어 들어갈 줄도 모르고 말이야."
 북리혼의 자책 어린 한마디는 작전의 성공으로 한층 들떠 있던 좌중의 분위기를 착 가라앉게 만들었다.
"제 예상이 맞다면 폐맥봉혈법(閉脈封穴法)이 펼쳐진 것 같기는 한데 확신하기는 힘들군요."

"폐… 맥봉혈법? 그게 대체 무엇입니까?"

"폐맥봉혈법은 진기를 유통시키는 세맥들을 원천적으로 막아버려 진기의 이동을 막는 것입니다."

"해결 방법이 있겠습니까?"

영운설에게 다가간 도극성이 조심스레 물었다. 음성을 낮춘다고 낮춘 것이지만 효과가 없었는지 모든 이들의 시선이 그와 영운설에게 쏠렸다.

"금제를 당한 지점만 확인이 되면 푸는 것은 그리 어렵지 않아요. 우선 폐맥봉혈법이 확실한지 확인해야 돼요. 문제는 제가 일일이 진기의 흐름을 살펴보아야 하기 때문에 시간이 오래 걸린다는 것이지요."

"얼마나 오래 걸릴 것 같습니까?"

"그것은 잘 모르겠어요. 일단 부딪쳐 봐야 예측할 수 있을 것 같아요."

"그럼 당장 시작하죠."

"하지만 적이 언제 올지도 모르는 상황이라……."

"기억하시죠? 우리가 들어왔던 동굴은 무너졌습니다. 빠져나갈 수 있는 곳은 오직 한곳뿐입니다. 더불어 이들이 회복을 하지 못하면 승리는 없습니다. 적은 걱정하지 마십시오. 군사께서 백사풍을 부활시킬 때까지는 제가 무슨 수를 써서라도 막아낼 테니까."

 도극성의 자신감 넘치는 모습에 믿음이 갔지만 세상사 모든 일이 희망대로 되지는 않는다는 것이 만고불변의 이치기에 영운설의 얼굴은 좀처럼 펴지지 않았다.

 그래도 도극성의 말대로 외길이었다. 결정이 된 이상 최대한 빠른 시간 안에 백사풍을 무력화시킨 금제를 풀어야 했다.

 "그럼 부탁드리겠어요."

 "믿으십시오."

 도극성과 시선을 교환한 영운설이 몸을 빙글 돌리며 소리쳤다.

 "당장 시작하죠."

 영운설이 빈방을 찾아 걸음을 옮기자 도극성은 밀옥의 출입문을 향해 정반대로 움직였다. 북리화와 주운경이 다소 굳은 표정으로 그 뒤를 따랐다.

    *   *   *

 "힘내라. 조금만 더 버텨."

 수하들을 독려하는 추관숙은 그야말로 필사적이었다.

 거의 두 배에 이르는 적, 게다가 거의 한 달 이상 몸을 지배했던 독을 겨우 몰아낸 상황에서 죽림의 고수들을 상대한다는 것은 미친 짓이나 다름없었지만 그들은 밀옥으로 향하는 지원군을 반드시 막아야만 했다.

"지금 움직일 필요는 없습니다. 놈들의 이목은 저와 수하들이 확실하게 돌려놓을 테니 지금은 무조건 몸을 숨기고 무공 회복에 전념하십시오."

"하면 우리는 언제 움직여야 하고 무슨 일을 해야 하오?"

"일단 은밀히 밀옥으로 가십시오. 그곳에서 신호가 올 때까지 은신하고 계시면 됩니다."

"신… 호라면?"

"북해빙궁에 비밀 통로가 있다는 것은 알고 계십니까?"

"그렇소. 정확한 위치는 모르지만 존재한다는 것은 알고 있소. 구출대가 비밀 통로를 이용해 잠입을 하였는데, 혹?"

"예. 비밀 통로가 밀옥으로 통해 있습니다."

"역시 그랬구려."

"지금쯤이면 이미 진입을 했겠군요."

"후~ 걱정이오. 비밀 통로를 통해 무사히 잠입을 한다 해도 밀옥에 있는 자들이 결코 만만치 않으니 말이오."

"그렇기 때문에 어르신들께 이런 부탁을 드리는 겁니다. 제 예상이 맞다면 틀림없이 지원군이 올 것입니다."

"그들을 막으라는 말이오?"

"꼭 막으실 필요는 없습니다. 그저 시간만 끌어주셔도 충분할 겁니다."

"허, 그대는 구출대가 성공할 가능성이 높다고 여기는구려."

"가능성이 아닙니다. 확신입니다."

추관숙은 구출대의 성공을 확신한다며 웃던 곽월의 얼굴을 떠올리며 두 주먹을 움켜쥐었다.

곽월의 말대로 몇 명의 전령이 밀옥을 드나들며 부산해지는가 싶더니 죽림의 수장인 봉명을 제외하고 가장 지위가 높은 봉공 나백이 직접 지원군을 이끌고 밀옥을 찾았다. 그전에도 한 명의 봉공이 밀옥으로 들어갔지만 곽월이 말하는 지원군은 틀림없이 나백이 이끄는 병력을 말하는 것일 터. 나백 정도 되는 인물이 직접 수하들을 이끌고 그토록 다급히 움직이고 있다는 것은 구출대가 제대로 활약을 하고 있다는 것을 의미했다.

"만약 성공만 한다면, 밀옥에 갇힌 백사풍이 움직일 수만 있다면 어쩌면……."

마지막 말을 애써 아껴둔 추관숙이 치열하다 못해 처절한 전장으로 시선을 돌렸다.

추관숙, 단후인, 도은을 비롯하여 족쇄처럼 그들을 옭아매고 있던 독을 해독한 삼대세력의 무인들은 정확히 스물두 명이었다. 비록 숫자는 적고 무공을 온전히 회복한 것도 아니었지만 그래도 시간을 끌기엔 부족함이 없는 인원이었다.

"뭣들 하느냐! 죽여라! 물러서지 말고 공격하란 말이닷!"

양극경의 살기 넘치는 음성이 어두운 밤하늘을 쩌렁쩌렁하게 울렸다.

"머뭇거리는 놈은 내 손에 죽을 것이며, 단 한 놈이라도 놓쳐도 또한 죽을 것이다!"

목이 터져라 소리를 지르며 양극경은 그 누구보다 앞장서서 적을 공격했다.

서슬 퍼런 그의 음성에, 또한 자신들보다 앞서 적진으로 뛰어드는 양극경을 보며 추관숙 일행을 압박하는 황검단의 공세는 한층 더 매서워졌다.

"버텨라. 무슨 일이 있어도 버텨야 한다!"

설풍각의 대장로 도항(陶抗)이 옆구리를 헤집고 흘러나오는 내장을 밀어 넣으며 소리쳤다. 당장 숨이 끊어져도 이상하지 않을 것 같은 몸 상태임에도 불구하고 그의 음성엔 기개가 넘쳐흘렀다.

도항의 곁으로 다가와 어깨를 나란히 하고 있던 빙한곡의 수석호법 풍소진(風燒振)이 도항을 노리며 달려드는 황검단의 목을 베버리며 소리쳤다.

"굳이 살려고 하지 마라! 북해빙궁이 악적들에게 떨어지던

날 우리는 이미 죽었다. 무엇이 두렵단 말이냐? 비굴한 삶을 영위하느니 영광된 죽음을 기꺼이 맞으리라!"

풍소진의 외침은 힘겹게 싸움을 이어가는 이들의 마음을 대변하는 것이었다. 이유야 어찌 되었던 주군을 배반하고 죽림에 굴복했을 때 그들은 이미 죽은 목숨이었다. 그리고 어쩌면 그 죄를 속죄할 유일한 기회를 놓치고 싶은 사람은 아무도 없었다.

"몇 놈 남지 않았다. 조금만, 조금만 더 힘을 내라!"

양극경이 제법 날카로운 검기로 십여 합을 겨룬 상대의 몸을 양단한 후 소리쳤다.

가장 선두에서 수하들을 이끌고 싸운 덕에 온몸이 크고 작은 부상으로 뒤덮이고 흘러나온 피로 목욕을 하다시피 했지만 멈출 줄 모르는 투기(鬪氣)는 여전히 그의 몸을 지배하고 있었다.

"이놈!"

방금 전, 양극경에게 목숨을 잃은 사내가 바로 자신의 제자임을 확인한 풍소진이 핏물로 번들거리는 검을 앞세우며 양극경에게 달려들었다.

"타핫!"

힘찬 외침과 더불어 풍소진의 검이 양극경의 심장을 노리며 파고들었다.

북해에서도 빠르고 날카롭기로 유명한 풍소진의 검은 실로 매섭게 양극경의 목숨을 노렸다.

　생각보다 배는 빠르게 들이닥치는 검을 보며 양극경은 정면으로 맞서는 대신 일단은 그의 공세를 벗어난 뒤 역공을 펼치는 것이 유리하다고 판단하고는 혼신의 힘을 다해 몸을 흔들었다.

　쉿! 쉬! 쉬!

　양극경의 몸을 아슬아슬하게 비껴 나가는 검이 허공을 가르며 날카로운 파공성을 일으켰다.

　'뭐가 이리 빨라. 하지만······.'

　기선을 빼앗기며 밀리고는 있었지만 양극경은 냉정한 눈으로 반격의 기회를 찾았다.

　기회는 얼마 되지 않아 찾아왔다.

　연거푸 십여 초를 공격했음에도 큰 성과를 거두지 못한 풍소진이 호흡을 고르기 위해 잠시 멈칫하는 것을, 비록 그 시간이 찰나에 불과했지만 호시탐탐 반격의 기회만을 노리고 있던 양극경이 정확하게 포착한 것이었다.

　풍소진의 검을 어깨 너머로 흘린 양극경이 실로 섬전과도 같은 속도로 검을 찔렀다.

　대경실색한 풍소진이 황급히 몸을 틀며 공격을 피하고 이어질 공격에 대비해 검을 회수하려는 순간, 찔러 들어간 검을 빙글 회전시키며 풍소진의 검로를 막은 양극경이 어깨로 그의 가슴팍을 들이받아 버렸다.

미처 대비를 하지 못한 풍소진이 중심을 잃고 비틀거리는 시점에서 이미 승부는 물론이고 생과 사가 갈리고 말았다.

양극경은 어느새 허공에 몸을 띄우고 풍소진의 정수리를 향해 온 힘을 다해 검을 내려쳤다.

막지 못하면 끝장이라는 위기감에 이를 악문 풍소진이 검을 치켜세우며 방어를 시도했지만 위에서 내리꽂히는 검의 세기는 그가 도저히 감당할 수 있는 것이 아니었다. 아니, 그는 감당할 수 있을지 몰라도 그가 들고 있는 검이 감당을 하지 못했다.

풍소진의 손에 들린 검이 화려한 불꽃을 일으키며 산산조각이 나버리고 상대의 검을 박살 낸 양극경의 검은 여전히 그 힘을 유지한 채 풍소진의 정수리와 몸통까지 양단해 버렸다.

촤아악!

풍소진의 몸에서 뿜어져 나온 피가 양극경의 얼굴과 몸을 적셨음에도 그는 피하지 않았다.

풍소진의 죽음으로 확실한 승기를 잡았다고 여긴 양극경은 좌우로 갈라져 무너져 내리는 상대의 주검을 보면서 악귀처럼 웃고 있었다.

오직 지원군을 막아야 한다는 일념과 죽음을 두려워하지 않는 용기로써 힘겹게 대항하던 이들은 풍소진의 죽음과 더불어 급격히 무너지기 시작했다.

第七十三章
일장춘몽(一場春夢)

 살수들의 난입, 북해빙궁의 총공격, 억류되어 있던 삼대세력 수장들이 사라짐에도 움직이지 않던 봉명이 마침내 몸을 일으켰다. 비밀 통로를 통해 잠입한 적이 밀옥을 공격하고 있다는 전갈을 받은 직후였다.

 그보다 앞서 밀옥으로 향하던 나백이 그 소식을 듣고 양극경과 합류하여 움직였다는 보고도 들었지만 가만히 결과만 기다리기엔 마음이 편치 않았다. 무엇보다 정면으로 맞부딪쳐 오는 북해빙궁의 전력에서 일전에 나백이 주의를 주었던 영운설과 도극성의 모습을 찾을 수가 없다는 사실이 마음을 심란케 했다.

영운설은 둘째 치고라도 도극성은 죽림에서도 인정하는 강자. 만약 도극성이 밀옥을 공격하고 있다면 나백만으론 역부족일 수도 있다는 생각이 들었기 때문이었다.

봉명이 움직이자 그를 그림자처럼 수행하는 수하들이 따라붙었다.

수하들의 호위를 받으며 밀옥을 향해 움직이던 봉명이 문득 걸음을 멈췄다.

북해빙궁의 역사를 그림과 시로 기록해 놓은 이십여 장 길이의 회랑(回廊)을 앞에 두고서였다.

봉명이 걸음을 멈추자 그를 호위하던 자들 역시 일제히 걸음을 멈추었다. 호위장 이명(李銘)이 가만히 그의 곁으로 다가왔다. 그렇지만 질문 따위를 하는 실수를 범하지는 않았다. 그저 가만히 명을 기다릴 뿐이었다.

"원래 이랬더냐?"

봉명이 어둠에 잠긴 회랑을 응시하며 물었다.

질문의 요지를 파악하지 못한 이명이 난감한 표정을 짓자 봉명이 다시 물었다.

"이렇게 어두웠느냐 말이다. 내 기억으론 다른 곳은 몰라도 이곳만큼은 항상 환히 밝혀졌던 것으로 기억하는데 말이야."

비로소 뜻을 이해한 이명의 얼굴이 딱딱하게 굳었다.

봉명의 말대로 단 한 번도 꺼지지 않고 회랑을 밝히던 등불이 지금은 모조리 꺼진 상태였기 때문이었다.

수하들과 함께 황급히 봉명의 앞을 가로막은 이명이 말했다.

"당장 조사를 하겠습니다."

"아니. 그만두거라."

"하지만 총령."

"됐다니까. 놈들도 내가 움직이는 것을 알고 초대를 하는 것 같구나. 장소 하나는 제대로 골랐어. 기왕이면 모조리 몰려왔으면 좋겠는데 말이야."

가볍게 내뱉은 말이었지만 그의 음성은 누구라도 들을 수 있을 정도로 멀리 퍼져 나갔다. 마치 누구에게 들으라는 것 같았다.

봉명은 거침없이 걸음을 내디뎠다. 그러자 바빠진 것은 이명이었다. 봉명의 명 때문에 전면에 나설 수는 없었지만 그는 자신과 수하들이 지닌 모든 능력을 동원하여 주변 경계를 시작했다.

하지만 봉명이 회랑의 삼분지 일을 통과할 때까지도 아무런 일은 벌어지지 않았다.

봉명의 입이 다시 열린 것은 그 옛날, 북해빙궁주가 설풍각각주를 무공으로 굴복시키던 장면의 그림 아래서였다.

"조심해."

난데없는 말에 이명의 얼굴이 의혹으로 물들 즈음 갑작스레 비명이 터져 나왔다. 일행의 맨 후미에서였다.

"적이다!"

"암습이다!"

저마다 외친 호위들이 순식간에 봉명을 빙글 둘러쌌다.

"조심하라니까."

눈살을 찌푸린 봉명이 호위들을 물리치며 다시 걸음을 내디뎠다.

"위험합니다, 총령."

"나는 신경 쓰지 말고 너희들이나 조심해. 목표는 내가 아닌 모양이니까."

봉명의 말대로였다.

회랑에 출몰한 초혼살루의 살수들은 봉명이 아닌 호위들만을 집요하게 노렸고 피해가 속출했다. 아무리 조심하고, 경계를 해도 빈틈을 헤집고 들어오는 살수들의 능력은 실로 대단했다.

"과연 초혼살루로군. 대단해. 하지만!"

자신의 호위들을 농락하는 살수들을 보면서도 별다른 감정을 내보이지 않던 봉명이 갑자기 출수하자 회랑 기둥과 완벽하게 동화되어 호위들의 이목을 피해 숨어 있던 살수가 가슴을 부여잡고 힘없이 무너져 내렸다.

눈앞에 쓰러진 살수를 발끝으로 툭 건드리던 봉명이 빙글 몸을 돌렸다.

"장난은 그만하는 것이 좋겠군."

봉명의 시선을 따라 고개를 돌린 이명은 기겁하지 않을 수 없었다. 그들이 전혀 눈치채지 못하는 사이에 후미에 한 사내가 서 있었기 때문이었다.

"그만."

사내를 향해 달려가던 호위들을 멈추게 한 봉명이 물었다.

"네가 초혼살루의 루주냐?"

"……"

"애꿎은 수하들의 목숨을 가지고 장난을 칠 필요는 없지 않느냐? 원한다면 앞에 있는 네 수하들을 모조리 죽여줄 수도 있다. 아니면 그들끼리 따로 어울리게 하는 것도 좋겠고. 이명."

"예, 총령."

"물러나라."

"예? 하지만……"

"물러나라니까."

봉명의 나직한 음성에 이명은 그 즉시 호위들을 뒤로 물렸다. 그것도 부족했는지 봉명이 짜증 섞인 한마디를 더 던졌다.

"눈앞에서 사라져."

그 한마디에 이명을 비롯한 모든 호위들이 순식간에 회랑에서 사라졌다.

"자, 네가 원하는 것이 이것이겠지?"

봉명이 뒷짐을 지며 거만한 웃음을 흘리자 곽월이 조용히 입을 열었다.

"한 놈도 살려두지 마라."

"알겠습니다."

몽암과 풍인을 비롯하여 수하들의 기척이 사라지자 곽월이 봉명을 향해 다가갔다.

"네가 초혼살루의 루주냐? 뜻밖이군."

"무엇이 뜻밖이란 말이지?"

"그 몸이. 천하제일살수라는 자의 몸으론 보이지 않아서 말이야."

"그런 생각을 품고 죽어간 자들이 백은 넘지 아마. 조금 전 베어버린 늙은이도 그런 생각을 품고 있었지."

곽월이 말하는 사람이 바로 봉공 묵종악이라는 것을 상기한 봉명이 스산한 웃음을 흘렸다.

"그럴 수도. 어쨌거나 의사청을 벗어나면서부터 네 존재는 알고 있었다. 하지만 이렇듯 당당하게 모습을 드러낼 줄은 몰랐지. 살수라면 의당 숨어서 내 목숨을 노릴 줄 알았는데 말이야."

곽월은 처음부터 자신의 존재를 눈치채고 있었다는 봉명의 말에 가슴 한 켠이 섬뜩해지는 것을 느끼며 말했다.

"실력이 궁금해서 말이야. 스스로를 무적팔위라고 자처한다고 하던데 과연 그만한 실력이 있는지 알고 싶었거든. 어차피 암습을 한다고 해도 당할 위인도 아닌 것 같고."

"너는 내 앞에 모습을 드러내지 말았어야 했다. 얼마나 강한지 알고 싶었다고? 그 호기심이 네 명을 단축하게 될 것이다. 바로 이 자리에서."

"글쎄. 어찌 될지는 두고 보면 알겠지."

곽월이 비릿한 미소를 흘렸다.

"건방진!"

봉명이 주먹을 내질렀다.

휘류류류릉!

회랑의 기둥을 휘감으며 짓쳐드는 소용돌이에 곽월이 깜짝 놀라며 좌측으로 몸을 틀고 이화접목의 수법으로 소용돌이를 밀쳐 냈다.

꽝!

비껴 나간 소용돌이에 적중당한 회랑 한 켠이 흔적도 없이 사라졌다.

'무슨 놈의 힘이.'

곽월은 정면으로 부딪친 것도 아니고 단순히 방향만 바꾼 것임에도 불구하고 손목을 아리는 고통에 등골이 서늘해졌다. 단 한 번의 충돌만으로도 무적팔위의 실력에 경고를 했던 무명신군의 말이 거짓이 아님을 느낄 수 있었다.

그에게 생각할 시간조차도 주고 싶지 않은 듯 어느새 칼을 빼들고 접근한 봉명이 좌우 사선으로 칼을 휘둘렀다.

곽월도 연거푸 장력을 뿌리며 정면으로 맞섰다. 한데 부딪치면 부딪칠수록 자꾸만 밀리고 위축되는 것이 상대의 공격에 심한 압박감을 느끼는 듯했다.

'좋지 않다.'

봉명의 도법이 날카롭고 강맹하기 이를 데 없었지만 피하지 못할 정도는 아니었다. 한데 이상하게 몸이 움직이지 않았다. 마치 그물에라도 걸린 듯 봉명의 공세에서 좀처럼 벗어날 수가 없었다. 그리고 그 이유는 틀림없이 봉명이 사용하는 무공에 있을 터였다.

'이건 대체……'

지금껏 겪어보지 못한 무시무시한 도법에 곽월의 표정이 굳어졌다.

사실 그럴 만도 한 것이 지금 봉명이 사용하는 무공은 그 옛날 홀로 구주를 종횡했던 묵도마제(墨刀魔帝)의 독문무공으로 묵도마제가 무림에서 자취를 감추면서 사라졌던, 고금을 통틀어 항상 열 손가락 안에 꼽히는 최고의 도법 묵운멸절도(墨雲滅絶刀)였다. 호연백이 야왕의 보물을 얻으면서 무려 오백여 년의 시공을 뛰어넘어 다시금 세상에 드러난 것이었다.

 막강한 내공을 바탕으로 펼쳐지는 도법은 천하를 아우를 수 있는 힘을 간직했고 아울러 상대의 기운마저 속박하는 묘한 힘이 있어 최소한 시전자와 비슷한 내공을 지니거나 능가하지 못하면 아무런 힘도 써보지 못하고 그대로 굴복하고 만다는 절정의 무공.

 그나마 초혼살루의 후계자로 내정되면서 엄청난 영약과 영물을 통해서 상당한 내력을 지니고 있었던 곽월이기에 힘들게나마 버텨내는 것이었다.

 더 이상 상대의 기세에 말릴 수 없다고 판단한 곽월은 온몸의 잠력을 일시에 폭발시키며 한빙음살마혼장 최강의 절초인 빙령만천(氷靈滿天)을 시전했다.

 곽월의 손에서 뻗어나간 빙강(氷罡)이 봉명의 칼과 정면으로 충돌했다.

 우레와 같은 폭음과 함께 곽월의 신형이 튕기듯 날아가며 회랑의 기둥을 세 개나 부러뜨렸다.

"크으으."

힘겹게 몸을 일으키던 곽월이 한 바가지나 되는 피를 토해냈다.

검붉은 피는 그가 상당한 내상을 당했다는 것을 의미했다. 하지만 내상이나 돌보고 있을 시간이 없었다. 어느새 다가온 봉명의 칼이 무시무시한 힘으로 짓쳐들었기 때문이었다.

결코 가볍지 않은 내상을 당한 곽월에 비해 봉명은 외관상 큰 부상은 없어 보였다. 그저 빙강에 노출된 옷가지가 얼어붙어 부서진 것이 전부였다.

봉명의 연속기에 곽월은 당혹감을 감추지 못했다.

지금의 그는 봉명의 공격을 막을 수가 없었다.

'무조건 피해야 한다.'

머뭇거림은 곧 죽음이었다.

생각보다 오랜 살수행으로 다져진 몸의 본능이 먼저 반응하기 시작했다.

봉명의 도가 그의 목을 베기 일보 직전, 곽월의 몸이 연기처럼 사라졌다.

퍼퍼퍼퍽!

도기가 지나간 자리에 남아 있는 것은 아무것도 없었다.

봉명의 짙은 눈썹이 꿈틀댔다.

자신의 공격이 분명 곽월에 적중한 것 같았고 느낌도 왔건만 곽월은 이미 자신의 공격권에서 한참이나 벗어난 곳에서 모습을 드러냈다.

나이 열두 살, 고아로 천하를 떠돌다 사부로부터 묵운멸절도를 사사하고 서른에 이르기 전 대성을 한 후, 곽월처럼 오랫동안 자신의 공격을 피한 사람은 손에 꼽을 정도였다.

"제법이군. 천하제일살수라더니만 헛된 명성이 아니었어."

봉명의 입에서 처음으로 상대를 인정하는 말이 흘러나왔다.

본능에 기대 겨우 목숨을 부지한 곽월은 대꾸할 여력도 없었다. 간발의 차이로 공격을 피하기는 했지만 옆구리에서 허벅지로 이어지는 부분에 심각할 정도로 큰 부상을 당하고 만 것이었다.

"후욱. 후욱."

거칠게 숨을 몰아쉬는 곽월의 표정은 심각했다.

내상도 내상이지만 옆구리와 허벅지의 상처는 앞으로의 싸움이 더욱 힘들 것임을 미리 말해주는 것 같았다.

'이대로 밀리다간 끝장이다. 무슨 수를 내야 해.'

곽월은 계속해서 공격을 허용하다간 아무런 대항도 해보

지 못하고 목숨을 잃을 수도 있다는 것을 뼈저리게 느끼고 있었다.

그러나 공격은커녕 피하기도 버거울 정도로 봉명의 공격은 강력했다. 역공을 펼칠 수 있는 틈 따위는 애초에 지워 버리겠다는 듯 봉명은 더욱더 집요하게 곽월을 몰아쳤다.

그나마 다행이라면 처음보다는 곽월의 움직임을 옭아매는 기운이 다소 느슨해졌다는 것. 거듭되는 공격에 봉명 역시 어느 정도는 지친 듯했다.

곽월은 일향만리(一香萬里)라는 그야말로 최절정의 신법을 펼치며 봉명의 공세에서 벗어나려고 하였다.

곽월은 마침내 싸움이 시작된 이래 처음으로 한 줌 여유를 얻을 수 있었다. 그리고 그의 모든 것을 건 역공이 시작됐다.

곽월의 손에서 회륜압벽(回輪壓壁), 격뢰파벽(擊雷破劈), 빙령만천이 연속적으로 뿜어져 나왔다.

곽월에서 봉명으로 이어지는 결코 넓지 않은 공간 사이를 십여 개의 빙강이 완벽하게 장악했다.

지금껏 상대를 인정하면서도 여유를 잃지 않았던 봉명의 얼굴에 처음으로 긴장이라는 감정이 느껴졌다. 그만큼 곽월의 공격은 만만치가 않았다.

그렇다고 피하기엔 자존심이 허락하지 않았다.

"타합!"

 나직한 기합성과 함께 봉명의 칼이 좌우 사선으로 그어지며 가장 먼저 그를 노리며 접근하던 세 개의 빙강을 무력화시키고 미처 막지 못한 빙강은 왼발을 좌측으로 틀며 몸을 빙글 돌리는 것으로 피해냈다.

 회전력을 이용하여 하늘로 솟구친 봉명이 묵운혈향(墨雲血香)이란 초식을 토해내자 묵빛 도강이 그를 노리며 따라붙은 빙강과 정면으로 맞부딪쳤다.

 꽈꽈꽈꽝!!

 어둠에 잠겼던 회랑이 일시에 밝아지고 뒤이어 천지가 개벽하는 듯한 굉음이 주변을 뒤흔들었다.

 "커흑!"

 무려 오 장이나 밀려난 곽월이 무릎을 꿇으며 피를 토해냈다.

 그에 반해 봉명은 뒷걸음질치며 이 장 정도를 물러났을 뿐이었다.

 그런데 뭔가가 이상했다. 당장에라도 공격을 해야 할 봉명이 공격을 하는 대신 자신의 몸을 물끄러미 바라보고 있는 것이 아닌가.

 "암기라……."

 자신의 몸에 박힌 다섯 개의 투골정(透骨釘)을 바라보며 내뱉는 봉명의 음성엔 진득한 노기가 담겨 있었다.

"비겁한 놈 같으니! 고작 암기 따위로 나를 어쩔 수 있다고 보았느냐?"

비틀거리던 몸을 꼿꼿이 편 곽월이 차가운 미소를 흘렸다.

"살수에게 비겁이란 존재하지 않는다."

몸은 이미 만신창이가 되었지만 빙강에 교묘하게 끼워 넣은 투골정이 제대로 먹혔다는 것에 희망을 얻은 것인지 곽월의 목소리엔 한층 힘이 실렸다.

"그래. 살수였지. 살수 따위에게 뭘 기대를 했을까!"

봉명의 외침은 잠시나마 상대의 무위에 대한 호감(?)을 느꼈던 마음이 배반당한 분노가 한껏 담겨 있었다. 아울러 곽월을 향해 쇄도하는 그의 전신에선 전에 없는 살기가 피어올랐다.

취릿.

은밀함과 날카로움을 동시에 지닌 파공성이 들리고 봉명을 향해 무수한 투골정이 날아갔다.

짙은 어둠, 눈에 보이지도 않을 정도로 작은 투골정의 공세 속에서도 봉명은 움직임을 멈추지 않았다. 굳이 피할 것도 없었다. 전신에 펼친 호신강기, 앞세운 도강이 대다수의 투골정을 튕겨 버렸기 때문이었다.

곽월의 무기는 투골정만이 아니었다.

쾅!

난데없는 폭음에 봉명의 몸이 움찔했다.

설마하니 화탄까지 동원할 줄은 꿈에도 몰랐던 그는 도를 잡은 손은 물론이고 어깨까지 짜르르 울리는 통증에 인상을 찌푸렸다.

"이따위 유치한 장난… 헉."

소리를 지르던 봉명이 다급한 신음을 내뱉었다.

곽월이 화탄이 만들어낸 연기를 무기 삼아 코앞까지 들이닥쳤기 때문이었다. 제대로 운신하지도 못할 것이란 예상과는 달리 곽월의 속도는 그야말로 엄청난 것이었다.

옆구리와 허벅지의 상처에선 여전히 많은 피가 흘러내렸고 입가에서도 선홍빛 선혈이 흐르고 있었지만 곽월의 눈빛은 그 어느 때보다 냉정했다.

인정하지는 않았지만, 살수라는 명목으로 애써 무시하였지만 그 역시 봉명과의 싸움이 결코 자랑스러운 것이 아니었다. 그럼에도 그는 반드시 봉명을 막아야 했다. 봉명의 무위를 가늠했을 때 그가 살아남는다면 이번 작전이 어찌될 지 아무도 알 수가 없었기 때문이었다.

봉명이 하늘 높이 도를 치켜세우고 가장 알기 쉬운, 그러나 어쩌면 가장 강력한 수단이라 할 수 있는 직도단천(直刀斷天)

으로 곽월의 정수리를 노렸다.

곽월은 그의 도를 두려워하지 않았다.

붉은 피가 허공에 뿌려졌다.

피와 더불어 곽월의 한 팔이 허공으로 치솟았다.

묵광이 번들거리는 칼에 어깨가 절단되면서도 그는 쇄도해 들어가는 힘을 멈추지 않았다.

퍽!

둔탁한 소리와 함께 봉명과 곽월의 몸이 한데 뒤엉키며 쓰러졌다.

그렇게 엉켜 한참 동안 아무런 움직임이 없었다.

시간이 제법 흐르고 먼저 몸을 움직인 사람은 봉명이었다.

그는 자신의 몸 위에 걸쳐 있는 곽월을 힘겹게 밀어버렸다.

그것이 전부였다.

곽월의 손에 오장육부가 산산조각나 손가락 하나 까딱할 힘도 없었던 봉명은 대자로 누워 하늘 가득 수놓아진 별빛을 초점없는 눈으로 바라보았다.

"끝난… 건가."

평생을 좇아온 꿈이 허망한 종결을 맺었다고 여기는 순간, 별빛 사이로 누군가의 얼굴이 떠올랐다.

흐릿하기는 했어도 결코 잊을 수 없는 얼굴.

주름진 얼굴의 여인이 그를 바라보며 웃고 있었다.

가만히 손짓하고 있었다.

"어머… 니."

냉막하기만 했던 봉명의 얼굴에도 잠시나마 웃음이 깃들었다.

그것이 패권을 꿈꿨던 봉명의 마지막 모습이었다.

    *   *   *

우드득!

뼈가 부러지는, 부러져 가루가 되는 소리는 듣는 이로 하여금 오한이 들게 할 정도로 끔찍한 것이었다. 자신도 곧 같은 꼴이 된다는 가정을 더하면 죽음보다 더한 극도의 공포심이 들게 마련이었다.

하지만 단후인과 함께 나백을 막았던 도은은 결코 두려워하지 않았다. 사지의 근맥이 끊어지고 온몸이 난자되었지만 나백을 노려보는 눈빛만큼은 여전히 기개 넘쳤다.

나백이 마지막 한 수를 쓰기 전 도은은 거의 마무리가 되고 있는 전장을 둘러보았다. 지금껏 목숨을 부지하고 있는 사람은 자신을 포함하여 고작 다섯 정도. 그나마도 멀쩡한 상태를 유지하고 있는 사람은 한두 명에 불과했다.
'그래도 할 만큼은 했다.'
죽음을 코앞에 둔 도은은 조금 더 시간을 끌었으면 하는 아쉬움은 있었을망정 삶에 대한 미련은 없었다.
도은의 입가에 가느다란 미소가 맴돌자 그 웃음의 의미를 파악한 나백의 얼굴에 분노가 일었다.
나백은 그 즉시 발을 들어 도은의 얼굴을 밟아버렸다. 상당한 내력이 실린 터라 발에 깔린 얼굴은 형체도 알아볼 수 없을 정도로 짓뭉개졌다.
희멀건 뇌수와 붉은 피가 발을 적시는 불쾌감을 느낄 사이도 없이 전신에 쏟아지는 엄청난 살기에 깜짝 놀란 나백이 황급히 물러나며 소리쳤다.
"누구냐!"
나백의 회백색 눈동자가 자신에게 살기를 쏘아낸 인물을 찾기 위해 영활히 움직였다.
한 사내가 전장 한복판으로 걸어오고 있었다.
빠른 걸음도 아니었고 딱히 어떤 움직임을 보인 것도 아니었다. 하지만 그 압도적인 존재감으로 인해 모든 이들의 시선이 오직 그에게 향했다. 싸움을 끝낸 이들은 물론이고 마지막까지 저항하는 추관숙을 죽이기 위해 맹렬히 공격을 퍼붓던 양극경마저 황급히 검을 거두고 상황을 주시할 정도였다.

 치열했던 전장을 일시에 얼려 버린 사내, 도극성이 전장을 둘러보며 짧은 신음을 흘렸다.

 예상은 하고 있었지만 그가 생각한 것보다 전장의 상황이 훨씬 좋지 않았기 때문이었다.

 영운설이 백사풍의 금제를 푸는 동안 지상에서 밀옥으로 통하는 입구를 지키던 도극성은 제법 오랜 시간이 흘렀음에도 별다른 적이 나타나지 않자 의아해하던 중 곽월의 명을 받고 북해빙궁 곳곳에서 활약하던 월천을 통해 적의 지원군이 밀옥으로 오지 못하는 이유를 알게 되었다.

 도극성은 그 즉시 월천과 주운경에게 뒤를 부탁하고 전장으로 내달렸다. 그들에게 밀옥의 안위를 맡기기엔 다소 불안한 감이 있었지만 생각보다 빠르게 백사풍의 금제를 풀어낸 영운설이 이미 운기조식을 거의 끝마친 상태였고 백사풍 역시 빠르게 회복하고 있었다. 또한 월천과 주운경 정도의 능력이라면 최소한 쉽게 길을 내주지는 않으리란 믿음이 있기에 가능한 행동이었다.

 그럼에도 너무 늦었다.

 한숨을 내뱉은 도극성이 간신히 숨을 할딱이는 추관숙에게 걸어갔다.

 처음 도극성이 등장할 때 그에게 느꼈던 기운도 잠시, 자신을 완전히 무시하는 도극성의 행동에 양극경이 이를 부득 갈며 공격을 하려 하였지만 귓전으로 파고드는 나백의 경고에 움직이지 못했다.

"애쓰셨습니다."

도극성이 추관숙의 흔들리는 몸을 잡아 세우며 말했다.

난생처음 보는 사내, 이름도 몰랐고 정체도 몰랐다. 하지만 굳이 말을 하지 않아도 통하는 것이 있는 법이었다. 추관숙은 도극성이 다가오는 순간부터 본능적으로 그가 비밀 통로를 통해 잠입한 인물임을 알아챘다.

"성공은… 한 것이오?"

추관숙이 반문을 했다.

"성공했습니다."

그 한마디에, 대답을 기다리는 그 짧은 시간 동안에도 혹시나 하는 마음에 불안감을 떨치지 못했던 추관숙은 안도의 한숨을 내쉬었다. 하나, 전장에 나타난 사람이 도극성 혼자임을 자각하곤 이내 얼굴을 굳혔다.

"한데 어째서 혼자이오?"

"곧 모두를 보실 수 있을 겁니다. 이쪽 상황이 급하다고 하여 제가 먼저 온 것입니다."

"그랬… 구려. 한데 괜찮겠소?"

안심했다는 듯 고개를 끄덕이던 추관숙이 다시금 불안한

얼굴로 물었다.

 아무리 예전 무공을 완전히 되찾지 못했다지만 너무도 쉽게 자신을 죽음 일보 직전까지 몰아붙이던 양극경과, 삼대세력의 두 수장을 맞아 일방적인 공격 끝에 결국엔 둘 모두의 목숨을 빼앗은 나백의 무공은 도극성 혼자서 감당할 수준이 아니라는 생각 때문이었다.

 "괜찮을 겁니다."

 묻는 사람이 오히려 무안할 정도로 가볍게 대꾸한 도극성이 추관숙과 더불어 목숨을 부지하고 있던 이들을 뒤쪽으로 물리고 검을 들었다.

 그의 눈앞에 어느새 다가온 나백이 서 있었다.

 "네가 도극성이냐?"

 "어찌 아셨소?"

 "그건 중요한 것이 아니고……."

 밀옥 쪽으로 힐끗 시선을 던졌던 나백이 씁쓸히 말했다.

 "네가 이곳에 나타날 정도라면 밀옥은 이미 끝장이 났다고 보는 것이 맞겠구나."

 도극성은 침묵으로 그의 말에 긍정을 표했다.

 "조 봉공이 그리 쉽게 당할 사람이 아닌데."

 나백의 말에 본능적으로 조무를 떠올린 도극성이 그에게 당한 상처를 슬그머니 어루만지며 말했다.

일장춘몽(一場春夢)

"강한 사람이었소."

순간, 나백의 눈동자가 살짝 흔들렸다.

밀옥에 있어야 할 도극성이 그곳에서 나와 눈앞에 서 있는 것으로 충분히 예상 가능했음에도 자신과 비교해도 그다지 떨어지지 않는 무공을 지녔던 조무가 쓰러졌다는 말은 그래도 충격으로 다가왔다. 그러나 마음의 동요도 잠시, 이제는 잊어버린 줄로만 알고 있던 호승심이 가슴 저 깊은 곳에서부터 무럭무럭 자라나기 시작했다.

"노부는 나백이라 한다."

갑자기 확 바뀐 나백의 분위기에 도극성도 자연 긴장을 했다.

"도극성입니다."

그 이상의 말은 필요가 없었다.

나백이 천천히 무기를 고쳐 잡으며 기세를 끌어올렸다.

선공은 도극성이 했다.

시퍼런 검기가 대기를 가르며 나백을 노렸다. 이미 준비를 하고 있던 나백은 단혼절백도(斷魂絶魄刀)의 절초로 대항했다.

쫭! 쫭! 쫭!

연이은 충돌음과 동시에 나백이 오 장여를 쭉 밀렸다.

마치 폭풍이 몰아치듯 거칠게 압박하는 도극성의 공격.

열결벽력, 구만진최, 비폭포망의 초식들이 연거푸 이어지며 주변을 초토화시켰다.

나백도 내공을 극성까지 끌어올리며 필사적으로 단혼절백도를 펼쳤지만 도극성의 무시무시한 기세는 꺾일 줄을 몰랐다.

겨우겨우 수비는 하고 있었지만 나백은 한 호흡 만에 무극진천검법의 정수를 모조리 쏟아내는 도극성의 공세를 막기가 너무 버거웠다.

막았다 싶으면 더욱 거대한 힘이 압박을 해오고 그것마저 막아냈다고 여기면 또 다른 힘이 그를 절망케 했다.

'너무 강하다.'

나백의 솔직한 심정이었다.

죽음을 불사한 도은과 단후인을 상대하느라 제법 많은 힘을 소비하기는 하였지만 그것을 감안하더라도 상대는 너무도 강했다.

"이놈!"

양극경이 나백의 위험을 보다 못해 뛰어들었다.

나백만큼은 아니어도 양극경 역시 뛰어난 고수였다.

도극성은 나백에게 향했던 검을 양극경에게 돌렸다. 계속 공격을 펼치면 나백의 목숨을 빼앗을 수는 있겠지만 자칫하면 양극경의 공격에 부상을 당할 위험이 있었기 때문이었다.

하나, 그것은 돌려 말하면 둘이 합공을 해도 충분히 상대할 수 있다는 말도 되었다.

쾅!

도극성의 검에서 뿜어진 강기가 양극경의 검과 정면으로 충돌하였다.

"컥!"

외마디 비명과 함께 양극경의 신형이 휘청거렸다.

간신히 몸을 바로잡은 양극경은 기가 막힌다는 표정으로 도극성을 바라보았다. 어째서 나백이 아무런 대항도 해보지 못하고 일방적으로 밀린 것인지 비로소 이해를 할 수가 있었다.

양극경을 뒤로 물린 도극성은 다시금 나백을 향해 달려들었다.

양극경 덕분에 한숨 돌린 나백은 자신이 지닌 최고의 절학으로 도극성의 공격에 맞섰다.

도극성의 배후로 재빨리 돌아나간 양극경이 합공을 가했다.

표영이환보를 극성으로 펼치며 양극경의 공격을 떨쳐 낸 도극성이 전력을 다해 나백의 공격을 막았다.

검에서 솟구친 찬란한 청광이 나백의 절초를 막아내는 것과 동시에 그대로 몸을 회전시킨 도극성이 양극경을 향해 운예명멸이란 초식으로 공격을 펼쳤다.
 꽈쾅!
 묵직한 폭발음과 함께 미처 그의 공격에 대비하지 못했던 양극경의 몸이 오 장여를 날아가 땅바닥에 처박혔다.
 "끄끄끅."
 부릅뜬 눈으로 힘겹게 호흡을 이어가던 양극경은 이내 숨을 거두고 말았다.
 단숨에 양극경의 목숨을 끊어버린 도극성이 천천히 몸을 돌렸다.
 백지장처럼 창백한 얼굴의 나백과 그의 수하들이 두려운 표정으로 도극성을 바라보고 있었다.
 가만히 숨을 고른 도극성이 다시금 몸을 움직이려 할 때, 그는 자신을 향해 빠른 속도로 달려오는 영운설을 볼 수 있었다.
 "다 끝난 겁니까?"
 도극성은 눈앞의 적은 신경도 쓰지 않는다는 듯 비스듬히 세웠던 검을 내리며 물었다.
 "예. 하지만……."
 영운설의 표정과 음성이 어딘지 이상했다.
 "혹, 일이 잘못된 겁니까?"
 도극성이 굳어진 얼굴로 물었다.

영운설이 대답할 틈도 없이 하얗게 질린 얼굴의 월천이 말했다.
"루, 루주께서 당하셨습니다."
순간, 도극성의 모든 움직임이 멈췄다.
일시에 정지된 사고는 그로 하여금 어떤 생각도, 판단도 하지 못하게 만들었다.
"공자님."
영운설의 부름에야 겨우 정신을 수습한 도극성이 외치듯 물었다.
"그게 무슨 말이냐? 누가 어찌 되었다고?"
"그, 그게 죽림의 우두머리와 싸우시다가……."
말을 끊은 도극성이 버럭 소리쳤다.
"어디, 어디에 있어!"
그 기세가 어찌나 살벌한지 자신도 모르게 몸을 부르르 떤 월천이 간신히 대답을 했다.
"의, 의사청 쪽에……."
"병신 같은 새끼!"
욕지거리를 내뱉은 도극성은 의사청이 어디에 있는지도 모른 채 무작정 달리기 시작했다.
순식간에 사라지는 도극성과 황급히 뒤를 따르는 월천을 바라보며 한숨지은 영운설이 어정쩡하게 서 있는 나백과 그의 수하들에게 고개를 돌렸다.

"항복하세요. 목숨은 보장해 드리지요."

"항복? 설마 노부에게 하는 말은 아니겠지?"

나백이 어이없다는 듯 되물었다.

"예."

담담히 말하는 영운설의 태도는 도극성에게 처절한 패배감, 굴욕을 맛본 나백의 심기를 폭발하게 만들었다.

"그 입을 찢어주마, 계집."

도극성에게 거의 일방적으로 당하기는 했지만 그래도 명실공히 죽림의 봉공이었다. 그가 일으킨 살기에 주변의 공기가 차갑게 식어버렸다.

하지만 상대는 영운설이었다.

"받아들이지 않으시겠단 말이군요."

천천히 검을 세우는 영운설.

나백은 도극성에 이어 또 한 번의 처절한 패배를 맛보아야 했다.

* * *

설왕곡에서 북해빙궁까지 이어지는 드넓은 평야에선 그야말로 지옥도(地獄圖), 아비규환(阿鼻叫喚)의 세계가 펼쳐져 있었다.

 설왕곡에서 합류하여 잠시 전의를 가다듬고 북해빙궁을 향해 전진을 시작한 북해빙궁과 삼대세력의 병력이 죽림의 정예들과 맞부딪친 지 고작 반 시진, 그 짧은 시간에 설왕곡 주변은 하나의 거대한 무덤으로 변해 버리고 말았다.
 일견해도 백여 구는 훨씬 넘어 보이는 시신들이 곳곳에 쓰러져 있었고 그들이 흘린 피는 순백의 대지를 붉게 물들이다 차갑게 식어갔다.
 먼저 기세를 올린 곳은 북해빙궁이었다.
 삼대세력이 합류하기를 기다리면서 죽림의 움직임을 면밀히 살피던 북해빙궁은 설왕곡으로 오는 길에 함정을 팠고 형의 복수를 하겠다는 일념으로 내달리던 마건과 현검단은 북리잠이 직접 참여한 매복을 눈치채지 못하고 제법 큰 피해를 입고 말았다. 물론 숫자상으로 열 명도 채 되지 않는 인원이었지만 단번에 적을 몰아치겠다는 죽림의 기세가 꺾인 것은 틀림없었다.
 마건은 그 즉시 움직임을 멈추고 병력을 재정비했다.
 자신의 성급함으로 애꿎은 수하들만 목숨을 잃게 했다는 책임을 통감하곤 선봉을 적검단에게 양보했다.
 적검단주 곽욱은 신중한 사람이었다.
 그는 마건과 같은 실수를 하지 않기 위해 모든 가능성을 염두에 두고 느리지만 신중하게 북해빙궁을 압박했다.

북해빙궁도 피하지 않고 정면으로 맞부딪쳤다.

매복에 의한 승리였어도 어쨌건 서전을 승리로 장식하며 사기를 올리고 적에게 빼앗긴 북해빙궁을 반드시 되찾아 잃어버린 북해의 자존심을 회복하겠다는 결의로 무장한 북해빙궁의 기세는 북해의 차가운 공기마저 뜨겁게 달굴 정도로 대단했다.

하지만 상대가 그럴수록 더욱 차갑고 냉정하게 변하는 사람들이 바로 죽림이었다.

곽욱과 마건이 이끄는 적검단과 현검단의 병력은 최대 삼백오십이 되지 못한 데 반해 북해빙궁의 인원은 거의 육백을 훌쩍 넘길 정도로 차이를 보였지만 전체적인 전력은 오히려 그 반대였다.

거의 배에 달하는 병력을 맞이하면서도 죽림의 무인들은 조금도 밀리지 않았다. 아니, 싸움이 시작되고 일각도 지나지 않아 전세를 완벽하게 역전시켜 버렸다.

개개인의 능력도 능력이지만 두세 명이 하나가 되어 펼치는 합격진의 위력은 그야말로 압도적이었다.

특히 마건의 활약이 눈부셨는데 그는 현검단에서도 무력이 출중하기로 유명한 일조와 이조의 인원 스무 명을 데리고 북해빙궁의 진영을 일직선으로 횡단하며 엄청난 전과를 올렸다.

 마건을 막기 위해 빙한곡의 장로가 수하들을 이끌고 맞서 보았지만 일각 만에 오십이 넘던 인원 중 사십을 잃고 일패도지하고 말았다.

 하늘 높은 줄 모르고 치솟던 마건의 기세가 주춤한 것은 그의 앞에 핏빛 장포를 입은 한 사내가 등장하면서부터였다.

 설왕곡을 우회하는 병력이 있다는 보고를 받고 잠시 그쪽으로 이동을 했다가 뒤늦게 전장에 도착한 장영이었다.

 장영은 살기로 번들거리는 눈의 마건을 보면서 오히려 웃음을 흘렸다. 그리고 그가 뒤에 시립하고 있는 삼혼에게 손짓을 하면서 마건의, 아니, 죽림의 악몽은 시작되었다.

 장영은 강했다.

 단순히 강하다는 것으로 표현하기에 부족할 정도로 압도적인 무위를 뿜냈다.

 그의 행보에는 거칠 것이 없었다.

 사황이 남긴, 무림사에 세 손가락 안에 들어간다는 혈영단천도법(血影斷天刀法)이 그야말로 폭풍처럼 상대를 쓸어갔다.

 '무, 무슨 놈의 무공이!'

 장영과 한차례 칼을 섞은 마건이 기가 막히다는 표정으로 찢어진 손아귀를 바라보았다.

 숨을 쉬기가 힘들 정도로 끔찍한 사기를 뿜어내며 수하들을 도륙하는 장영의 모습은 결코 인간의 모습이 아니었다.

"으아아악!"

장영의 공격에 당한 이들이 내뱉는 끔찍한 비명이 어두운 밤하늘을 갈가리 찢어놓았다.

두 번의 칼질도 없었다.

장영의 공격에 적중당한 이들은 대다수가 그 자리에서 목숨을 잃었고 설사 목숨을 부지했다고 해도 상처를 통해 침투한 사기로 인해 곧 온몸을 비틀며 숨이 끊어지고 말았다.

단 한 번도 그런 광경을 보지 못했고, 또 자신들이 겪게 될 것이라 상상조차 하지 못했던 죽림의 무인들은 공포에 질려 어쩔 줄을 몰라 했다.

지금껏 생사고락을 함께하며 머나먼 북해까지 동행한 동료가 바로 앞에서 목이 잘리고, 사지가 절단나서 쓰러졌음에도 분노조차 일으키지 못하게 만들 정도로 장영의 잔인한 손속은 그들의 사고를 완벽하게 장악해 버렸다.

마건이 수하들을 독려하며 필사적으로 저항했지만 장영의 움직임을 멈추게 할 수는 없었다.

전신에서 뿜어지는 혈류에 몸을 숨긴 채 북해의 차가운 바람보다 더욱 차갑고, 만년설산의 검벽보다 더욱 날카롭게 휘몰아치는 장영의 칼은 그 어떤 대항도 용납하지 않았다.

반격 따위는 신경도 쓰지 않았다.

사황의 칼 아래, 반격은 존재할 수 없는 것이었으니까.

"이, 이런 개 같은!"

장영의 칼을 막느라 전신이 피투성이로 변한 마건이 이를 악물며 달려들었다. 무차별적으로 쓰러지는 수하들의 죽음에 그의 이성은 더 이상 남아 있지 않았다.

"으아아앗!"

발악과도 같은 비명을 토해내며 달려드는 마건. 때마침 도주하는 적을 기분 좋게 도살하던 장영이 한순간의 방심으로 그의 접근을 허용하고 말았다.

"뒈져라!"

장영의 왼쪽 어귀로 파고드는 데 성공한 마건이 지금까지의 울분과 분노, 공포심을 한데 모은 칼날을 장영의 허리춤을 향해 쑤셔 박았다. 그야말로 필살의 의지가 담긴 공격이었다.

생각 밖으로 장영은 별다른 반응을 보이지 않았다.

날카로운 칼날이 그의 옆구리로 짓쳐듦에도 오히려 가소롭다는 미소만을 지을 뿐이었다.

'성공이다!'

손끝을 타고 전해지는 묵직한 감촉에 마건은 자신도 모르게 입술을 꽉 깨물었다. 지금껏 단 한 번도 경험해 보지 못한 쾌감이 전신을 찌르르 울렸다.

그러나 그것이 자신의 착각이었음을 아는 것은 금방이었다. 그리고 그것을 알아차렸을 때엔 너무 늦고 말았다.
 '젠장할……'
 마건은 장영을 대신해 칼날을 받아내고 아무렇지도 않다는 표정으로 자신의 정수리를 내려치는 괴인을 보며 허탈한 웃음을 짓고 말았다. 그것이 생의 마지막 웃음이었다.
 그토록 위세를 떨쳤던 마건과 그의 수하들은 장영 단 한 사람의 등장에 의해 힘없이 무너지고 말았다. 하지만 그렇다고 싸움이 끝난 것은 아니었다. 마건 등이 너무 깊숙이 파고든 까닭에, 또 너무나도 빨리 무너지는 바람에 미처 도움을 주지 못했지만 죽림에도 장영과 삼혼을 상대할 고수들이 존재했다.
 봉명의 요청으로 재미 삼아 싸움에 참여한 여섯 명의 봉공이 바로 그들이었다.

　　　　　　*　　　*　　　*

 "어떻게 된 거야?"
 정신없이 헤매고 다니다 월천의 안내로 겨우 곽월이 있는 곳에 도착한 도극성이 초조한 기색으로 서 있는 풍인에게 물었다.

치명적인 부상을 당했지만 아직 목숨을 잃은 것은 아니라는 소리에 도극성도 조금은 마음의 안정을 찾은 모습이었다.

"일단 지혈은 했습니다만 워낙 피를 많이 흘리셔서."

풍인이 한숨을 내뱉으며 말했다.

도극성의 안타까운 시선이 침상에 죽은 듯이 누워 있는 곽월을 바라보았다.

"부상을 당하신 이후로 아직 한 번도 깨지 않으셨습니다."

곽월의 내상을 치료하느라 전력을 다했던 몽암이 지친 표정으로 말했다.

"대체 얼마나 다친 거야?"

"오장육부가 마구 뒤틀렸고 최소한 한 달 이상은 꼬박 정양을 해야 하는 내상을 입으셨습니다. 하지만 문제는……."

몽암이 말끝을 흐렸다.

"왜?"

불안감에 사로잡힌 도극성의 음성이 절로 떨렸다.

"팔이……."

말이 끝나기도 전에 침상으로 달려간 도극성이 곽월의 몸을 덮고 있는 이불을 걷어냈다.

도극성의 몸이 그대로 경직되었다.

온몸이 천으로 칭칭 감긴 곽월의 상태는 그야말로 끔찍했다.

 얼마나 많은 출혈이 있었는지를 보여주기라도 하듯 처음엔 분명 흰색이었을 천이 붉은색으로 완벽하게 변해 있었고 천을 뚫고 배어 나온 피가 뒤엉켜 굳어 있었다. 무엇보다 도극성을 놀라게 만든 것은 곽월의 오른쪽 팔이 어깨부터 보이지 않는다는 것이었다.

 "이… 멍청한 놈아."

 어깨의 절단면에 가볍게 손을 댄 도극성은 가슴 한 켠에서 치밀어 오르는 감정을 애써 수습해 보려 하였으나 새파랗다 못해 검게 말라비틀어진 입술을 보며 결국엔 참았던 눈물을 흘리고 말았다.

 곽월의 어깨와 가슴에 손을 댄 채 멍한 표정으로 한참 동안이나 곽월의 얼굴을 바라보던 도극성이 천천히 몸을 일으켰다. 아직 확인을 하지 못한 것이 기억났기 때문이었다.

 "그놈은… 어찌 되었지?"

 착 가라앉은, 그러나 엄청난 살기가 깃든 음성에 침을 꿀꺽 삼킨 몽암과 풍인이 동시에 대답을 했다.

 "죽었습니다."

 "죽… 어?"

 "예. 놈은 루주님의 손에 목숨을 잃었습니다."

그 말에 주변을 잠식하던 도극성의 살기가 순식간에 사라졌다.
"그런데 왜 이 녀석이 이 꼴이 되었지?"
"예? 그야 죽림의 수장을 막으려다……."
 질문의 요지를 정확하게 파악하지 못한 몽암이 대답을 하면서 도극성의 눈치를 살폈다.
"아니. 내 말은 이 녀석이 무슨 이유로 자신의 특기를 버리고 놈과 정면으로 싸웠냐는 것이야."
 곽월은 천하에서 인정하는 최고의 살수였다. 만약 그가 작심하고 상대를 암살하고자 한다면 그 살수를 피할 자는 전무하다고 해도 과언이 아니었다. 한데 그런 곽월이 어째서 봉명과 정면으로 맞부딪쳤는지 도저히 이해할 수가 없었다.
 그제야 도극성의 질문을 이해한 몽암이 한숨을 내쉬었다.
"어쩔 수 없었습니다. 루주님이 비록 천하제일의 살수고 그 누구라도 암살할 수 있는 능력을 지닌 것은 사실입니다만 아무런 준비 없이 그럴 수 있는 것은 아닙니다. 목표물의 사소한 버릇부터 그가 무엇을 좋아하고, 무엇을 먹고, 어떻게 행동하는지 하나에서 열까지 완벽하게 파악을 해야 합니다. 루주님 정도의 실력이면 시답잖은 자들이야 별로 신경 쓸 것이 없지만 죽림의 수장 정도라면 반드시 사전 준비가 필요했습니다. 하나, 그럴 시간이 없었습니다. 루주께선 놈이 밀옥으로 향하는 것을 확인하곤 반드시 막아야 한다면서 아무런 준비 없이 그와 상대를 한 겁니다."

"그래도 은밀히 암살을……."

"아니요. 그런 식으로 당할 자가 아니었습니다. 그랬다면 루주께서 이 모양이 되지는 않았겠지요."

도극성은 한숨을 내쉬며 거의 울 듯한 표정을 짓는 몽암에게 아무런 말도 할 수가 없었다. 그에게 곽월이 소중한 친구라면 몽암 등에게 곽월의 존재는 어쩌면 그 이상이기 때문이었다.

침울한 기운이 방 안을 가득 잠식했다.

아무도 입을 열지 않았다. 그저 안타까운 눈으로 힘겹게 호흡하는 곽월을 바라만 볼 뿐이었다.

바로 그 시점에 영운설이 모습을 드러냈다.

"어찌 되었습니까?"

도극성이 물었다.

"모두 정리가 끝났어요. 식솔들은 안전한 곳으로 대피를 시켰고 백사풍은 곧 전장으로 향한다고 하는군요."

"다들 정상적인 몸으로 돌아온 겁니까?"

"어느 정도는요."

"다행이군요."

"밖에서 대충 얘기는 들었어요. 루주님의 상태는 어떤가요?"

"보시다시피 좋지는 않군요."

도극성의 어깨가 축 늘어졌다.

"너무 걱정하지 마세요. 곧 정신을 차리실 수 있을 거예요."

"그래야겠지요."

도극성이 힘없이 고개를 끄덕였다. 그때 품을 뒤진 영운설이 조그만 옥합 하나를 꺼내 들었다.

"이것이 도움이 될 거예요."

영운설은 옥합을 몽암에게 건넸다.

의아한 표정으로 옥합을 건네받은 몽암이 옥합을 열자 방 안 가득 향기로운 냄새가 퍼져 나갔다.

"이게 무엇입니까?"

"별거 아니에요. 본산에서 내상을 다스릴 때 쓰는 흔한 상비약이에요. 상처에도 효험이 있다는데 그건 잘 모르겠네요."

살짝 미소 지은 영운설이 대답했다.

본인은 최대한 별거 아니라는 투로 얘기를 했지만 그녀의 말을 듣는 사람은 그렇지 않았다.

대정련의 군사, 그것도 화산에서 가장 애지중지하는 그녀의 품에서 나온 것이 흔하디흔한 상비약임을 믿는 사람은 아무도 없었다. 모르긴 몰라도 화산에서도 선택된 몇 명에게만 허락된다는 영약 자소단(紫蘇丹)이 틀림없었다.

"고맙습니다. 정말 고맙습니다."

몽암이 감격한 표정으로 연신 허리를 숙였다.

"그건 오히려 제가 드릴 말씀이지요. 루주님과 여러분들이 아니었다면 이번 작전은 애당초 성공할 수가 없었을 테니까요."

"아직 완전하게 성공했다고 말할 수는 없지요."

도극성이 벌떡 일어나며 말했다.

"마무리가 남지 않았습니까?"

"그런가요?"

문밖에 백사풍의 무인들이 모인 것을 확인하곤 침상에 누워 있는 곽월을 잠시 응시하던 도극성이 탁자 위에 아무렇게나 던져 놓은 검을 움켜잡았다.

"가죠. 시작한 이상 끝장은 봐야 되지 않겠습니까?"

"그래야겠지요."

영운설이 고개를 끄덕였다.

[오늘 일, 결코 잊지 않겠습니다.]

도극성이 오직 그녀에게만 들리는 음성으로 고마움을 전하며 방문을 나섰다.
　'그 말, 기억하지요.'
　도극성을 따라나서는 영운설의 입가에 묘한 웃음이 지어졌다.

『운룡쟁천』 9권에 계속…

**문피아 연재 시 화재를 불러일으켰던 바로 그 작품!
비장미로 감싼 전율적인 마도의 영웅 서사!**

화산을 불태우고 무당을 짓밟았노라.
소림을 멸문시키고 대정(大正)의 뿌리를 멸종시켰노라.
강호는 이런 나를 잔인하다고 말하지 말라.
참된 용사는 마인으로 배척되고
위정자가 영웅이 되는 세상이라면,
나는 아귀의 심정으로 칼을 들어 이 세상을 열 번도 더 파멸시키겠노라.

아비의 혼을 가슴에 품고 무너진 마도의 뜻을 바로 세우기 위해
훗날 위대한 마도의 종사가 될 무인이 일어선다!

마도종사 능비, 그의 전설에 주목하라!

Book Publishing CHUNGEORAM

대호산의 다섯 산적이 자칭 천하제일인을 만난다.

괴노 마효(魔梟)!
그는 정말 천하제일인이었을까?
그의 화마경은 정말 천하제일무경일까?

인간의 마음속에 억압된 자아를 끌어내는 자(者)의 무공!
그 화마경의 세계로 다섯 산적이 뛰어든다.

"본래 사람 사는 세상이 화마의 세계인 거다."

마로종사

백일 新무협 판타지 소설

**문피아 연재 시 화제를 불러일으켰던 바로 그 작품!
비장미로 감싼 전율적인 마도의 영웅 서사!**

화산을 불태우고 무당을 짓밟았노라.
소림을 멸문시키고 대정(大正)의 뿌리를 멸종시켰노라.
강호는 이런 나를 잔인하다고 말하지 말라.
참된 용사는 마인으로 배척되고
위정자가 영웅이 되는 세상이라면,
나는 아귀의 심정으로 칼을 들어 이 세상을 열 번도 더 파멸시키겠노라.

**아비의 혼을 가슴에 품고 무너진 마도의 뜻을 바로 세우기 위해
훗날 위대한 마도의 종사가 될 무인이 일어선다!**

마도종사 능비, 그의 전설에 주목하라!

Book Publishing CHUNGEORAM

대호산의 다섯 산적이 자칭 천하제일인을 만난다.

괴노 마효(魔梟)!
그는 정말 천하제일인이었을까?
그의 화마경은 정말 천하제일무경일까?

인간의 마음속에 억압된 자아를 끌어내는 자(者)의 무공!
그 화마경의 세계로 다섯 산적이 뛰어든다.

"본래 사람 사는 세상이 화마의 세계인 거다."